沈从文(1902—1988)

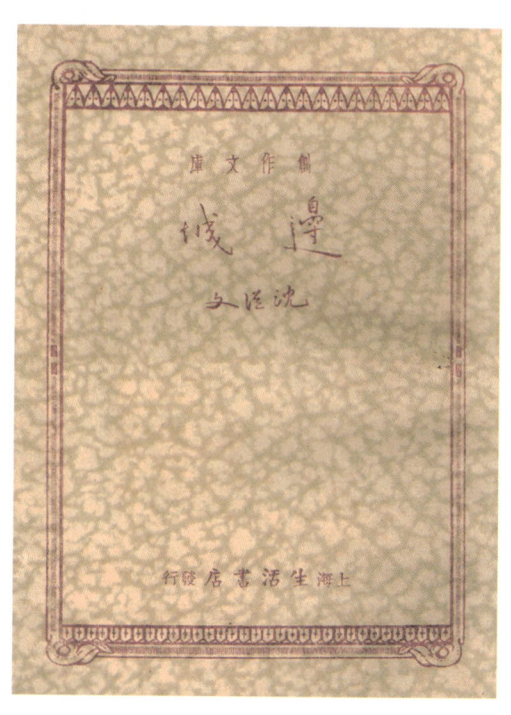

《边城》初版本(1934年,上海生活书店)

《新与旧》初版精装本（1936年，上海良友图书公司）

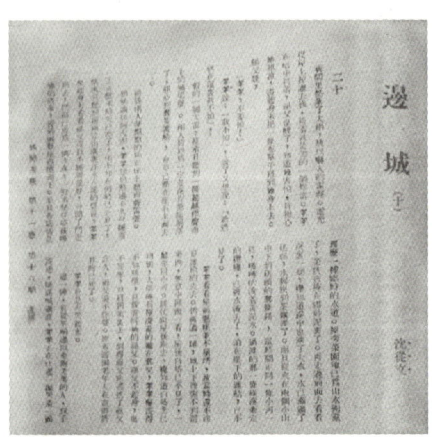

1934年,《边城》最初连载于杂志《国闻周报》

新文学丛刊 陈子善 主编

边城 新与旧

沈从文 著 黄永玉 图

北京燕山出版社

出版说明

一、本丛书名"新文学丛刊",源自巴金先生上个世纪三十年代主编的"文学丛刊"。如此命名,一是向巴金先生及其主编的"文学丛刊"致敬,二是继承"文学丛刊"的文学精神,接续中国现代文学的文脉。

二、本丛书收录一九一七年新文学发轫至二〇〇〇年中国现当代文学之经典作品(含港澳台地区)。

三、入选作品以原始单行本为主,个别篇幅较小者,则以合集形式出版。

四、入选作品均以初版本为底本,为保留作品的原始文字风格和时代特点,不依现代汉语规范其字词、标点、语法、人名、地名、术语、译名等。初版本中的作者笔误、排印错误、外文拼写错误等,则予以改正。

五、本书系设置前插与附录,前插展示与作者、作品相关的资料性图片,如作者肖像、作者手迹、初版本书影等;附录收入与作品创作、修订、解读、版本研究相关的文章。入选作品如有经典的、具有艺术影响力的插图作品,也予以收入。

目录
CONTENTS

总序 / 001

边城

题记 / 003
一 / 006
二 / 012
三 / 019
四 / 023
五 / 030
六 / 035
七 / 039
八 / 043
九 / 049
十 / 054
十一 / 062
十二 / 065
十三 / 071

十四 / 075
十五 / 078
十六 / 082
十七 / 086
十八 / 090
十九 / 094
二十 / 100
二十一 / 105

新与旧
萧萧 / 111
山道中 / 125
三个男子和一个女人 / 138
菜园 / 163
新与旧 / 174
烟斗 / 186
失业 / 198
知识 / 205
薄寒 / 211
自杀 / 224

附录
《边城》新题记 / 239
题一九三六年校注初印本 / 240

总　序

陈子善

早在六十年前,新文学收藏家、翻译家周煦良先生写过一篇有名的《读初版书》。他认为:

> 一般说来,收藏初版书的动机不外两种:以书重和以人重。一本书受到广大读者的欢迎,印过许多版子,被公认为名著,于是这本书的初版便受到重视了;一个成名的作家拥有许多读者,有些读者专门收集这位作家的作品,于是他的一些早年不出名的著作也就在搜罗之列了,甚至具有更高的收藏价值,因为印行较少的缘故。①

---

① 周煦良:《谈初版书》,上海:《文汇报·笔会》,一九五六年十一月十三日、十四日。转引自《周煦良文集(一)·舟斋集》,上海译文出版社,二〇〇七年,第三百五十页。

他甚至用诗一般的语言来形容文学作品的初版本：

> 初版书所以受到藏书家的珍爱，除了上述理由之外，还因为它是最初和世人见面的本子；在书迷的眼中，仿佛只有它含有作者的灵魂，而其他重版本只能看做是影子。①

当然，周煦良先生主要是从收藏的角度来讨论文学作品的初版本。然而，如果从鉴赏的角度、从研究中国现当代文学史的角度来看待初版本，其至关重要的不可替代的学术价值也是不言而喻的。

一部文学创作的初版本，无论小说集、诗集、散文集、剧本还是评论集，都是这部作品最初与读者见面的文本，也即这部作品得以行世的初始面貌。此后如果重印，二版、三版、四版……由于各种各样的甚至极为复杂的原因，作者很可能对初版本进行修改、增删、调整，除了正文的修订，还包括序跋的增删、书名的更换，装帧的变动，等等。这就在这部作品的初始文本与以后的各种文本之间形成一种张力，一种可供进一步阐释的甚至是完全不同理解的张力。对之进行系统研究，从手稿到初版本到以后各种不同版本的系统研究，即西方文学理论所谓"文本发生

---

① 周煦良：《谈初版书》，上海：《文汇报·笔会》，一九五六年十一月十三日、十四日。转引自《周煦良文集（一）·舟斋集》，上海译文出版社，二〇〇七年，第三百五十一页。

学"的研究。① 又因为二版以后的版本随着印数的提高容易流传开来,许多新文学作品的初版本,虽然极为重要,却往往反而湮没不彰。

由此可见,要研究中国现当代文学史,探讨文学史上的一部重要作品,就不能不关注该作品的版本变迁,而要关注该作品的版本变迁,就不能不特别注重其初版本。"五四"新文学勃兴以来的名著,如鲁迅《呐喊》、胡适《尝试集》、郭沫若《女神》、郁达夫《沉沦》、徐志摩《志摩的诗》、巴金《家》、茅盾《子夜》、沈从文《边城》、曹禺《雷雨》、老舍《骆驼祥子》、张爱玲《传奇》、钱锺书《围城》等的初版本,近年来就越来越受到学界和许多现代文学作品爱好者的关注。以初版本为底本,对这些名著进行比勘、汇校和释读的工作,即现当代文学的版本学研究,也比以往任何时候都得到重视。

鉴于此,为了给中国现当代文学研究者提供已经不易见到的重要作品的初版本,也为了使一般读者特别是青年读者增加阅读现当代文学作品的兴趣,我们策划编选了这套"新文学丛刊"。丛书包括中国现当代文学史上已有定评的小说、散文集、诗集、剧本乃至评论集的初版本,也注意发掘尚未被文学史家注意但确实具有艺术特色的作品的初版本。

---

① 英国文学理论家拉曼·塞尔登认为:"版本目录学考察一个文本从手稿到成书的演化过程,从而探寻种种事实证据,了解作者创作意图、审核形式、创作中的合作与修订等问题,从二十世纪八十年代出现的这种考察程序一般被称作'发生学研究'(Genetic Criticism)。"参见《结论:后理论》《当代文学理论导读》,刘象愚译,北京大学出版社,二〇〇六年,第三百三十二页。

我们希望这套丛书的陆续出版,将形成一个独特的系列,有利于中国现当代文学的教学和研究,从而对深入梳理丰富而又复杂的中国现当代文学史有所推动,对中国现当代文学经典作品更好地传播有所助益。

期待海内外广大读者的批评指教。

中篇小说《边城》原载一九三四年的《国闻周报》第十一卷第一至四期和第十至十六期，同年十月由上海生活书店初版。一九三六年三月作者对初版进行了校改，一九四〇年十月在昆明再次校改，一九四三年九月开明书店出版了改订本。一九八一年八月作者重校《边城》，于同年十一月由江西人民出版社出版。

短篇小说集《新与旧》于一九三六年十一月由上海良友图书公司初版。

本书据两书初版本重排。

边城

题　记

对于农人与兵士,怀了不可言说的温爱,这点感情在我一切作品中,随处皆可以看出。我从不隐讳这点感情。我生长于作品中所写到的那类小乡城,我的祖父,父亲,以及兄弟全列身军籍;死去的莫不皆在职务上死去,不死的也必然的将在职务上终其一生。就我所接触的世界一面,来叙述他们的爱憎与哀乐,即或这枝笔如何笨拙,或尚不至于离题太远。因为他们是正直的,诚实的,生活有些方面极其伟大,有些方面又极其平凡,性情有些方面极其美丽,有些方面又极其琐碎,——我动手写他们时,为了使其更有人性,更近人情,自然便老老实实的写下去。但因此一来,这作品或者便不免成为一种无益之业了。

照目前风气说来,文学理论家,批评家,及大多数读者,对于这种作品是极容易引起不愉快的感情的。前者表示"不落伍",告给人中国不需要这类作品,后者"太担心落伍",目前也不愿意读这类作品。这自然是真事。"落伍"是什么?一个有点理性的人,也许就永远无法明白,但多数人谁不害怕"落伍"?我有句话想说:"我这本书不是为这种多数人而写的"。念了三五本关于文学理论文学批评问题的洋装书籍,或同时还念过一大堆古典与近代世界名作的人,他们生活的经验,却常常不许可他们在"博学"之外,还知道一点点中国事情。因此这个作品即或与某种文学理论相符合,批评家便加以各种赞美,这种批评其实仍然不免成为作者的侮辱。他们既并不想明白这个民族真正的爱憎与哀乐,便无法说明这个作品的得失,——这本书不是为他们而写的。关于文艺爱好者呢,他们或是大学生,或是中学生,分布于国内人口较密的都市中,常常很诚实天真的,把一部分极可宝贵的时间,来阅读国内新近出版的文学书籍。他们为一些理论家,批评家,聪明出版家,以及习惯于说谎造谣的文坛消息家,同力协作造成一种习气所控制,所支配,他们的生活,同时又实在与这个作品所提到的世界相去太远了。——他们不需要这种作品,这本书也就并不希望得到他们。理论家有各国出版物中的文学理论可以参证,不愁无话可说,批评家有他们欠了点儿小恩小怨的作家与作品,够他们去毁誉一世。大多数的读者,不问趣味如何,信仰如何,皆有作品可读;正因为关心读者大众,不是便有许多人,据说为读者大众,永远如蛇螺在那里转变吗?这本书的出版,即或并不为领导多数的理论家与批评家所弃,被领导的多数读者又并不完全放弃它,但本书作者,却早已存心把这个"多数"放弃了。

我这本书只预备给一些"本身已离开了学校,或始终就无从接近学校,还认识些中国文字,置身于文学理论文学批评以及说谎造谣消息所达不到的那种职务上,在那个社会里生活,而且极关心全个民族在空间与时间下所有的好处与坏处"的人去看。他们真知道农村是什么,他们必也愿意从这本书上同时还知道点世界一小角隅的农村与军人。我所写到的世界,即或在他们全然是一个陌生的世界,然而他们的宽容,他们向一本书去求取安慰与知识的热忱,却一定使他们能够把这本书很从容读下去的。我并不即此而止,还预备给他们一种对照的机会,将在另外一个作品里,来提到二十年来的内战,使一些首当其冲的农民,性格灵魂被大力所压,失去了原来的朴质,勤俭,和平,正直的型范,成了一个什么样子的新东西;他们受横征暴敛以及鸦片烟的毒害,变成了如何穷困与懒惰!我将把这个民族为历史所带走向一个不可知的命运中前进时,一些小人物在变动中的忧患,与由于营养不足所产生的"活下去"以及"怎样活下去"的观念和欲望,来作朴素的叙述。我的读者应是有理性,而这点理性便基于对中国现社会变动有所关心,认识这个民族的过去伟大处与目前堕落处,各在那里很寂寞的从事与民族复兴大业的人。这作品或者只能给他们一点怀古的幽情,或者只能给他们一次苦笑,或者又将给他们一个噩梦,但同时说不定,也许尚能给他们一种勇气同信心!

二十三年四月二十四日记

一

　　由四川过湖南去，靠东有一条官路。这官路将近湘西边境到了一个地方名为"茶峒"的小山城时，有一小溪，溪边有座白色小塔，塔下住了一户单独的人家。这人家只一个老人，一个女孩子，一只黄狗。

　　小溪流下去，绕山岨流，约三里便汇入茶峒的大河，人若过溪越小山走去，则只一里路就到了茶峒城边。溪流如弓背，山路如弓弦，故远近有了小小差异。小溪宽约廿丈，河床为大片石头作成。静静的水即或深到一篙不能落底，却依然清澈透明，河中游鱼来去皆可以计数。小溪既为川湘来往孔道，限于财力不能搭桥，就安排了一只方头渡船，一次连人带马，约可以载二十位，人数多时则反复来去。渡船头竖了一枝小小竹竿，挂着一个可以活动的铁环，溪岸两端水面牵了一段废缆，有人过渡时，把铁环挂在废缆上，船上人则引手攀缘那横缆，慢慢的牵船过对岸去。船将拢岸了，管理这渡船的，一面口中嚷着"慢点慢点"，自己霍的跃上了岸，拉着铁环，于是人货牛马全上了岸，翻过小山不见了。渡头为公家所有，故过渡人不必出钱，有人心中不安，抓了一把钱掷到船板上时，管渡船的必为一一拾起，仍然塞到那人手心里去，俨然吵嘴时的认真神气："我有了口量，三斗米，七百钱，够了！谁要这个?!"

但不成,不管如何还是有人把钱的。管船人也为了心安起见,便把这些钱托人到茶峒去买茶叶和草烟,将茶峒出产的上等草烟,挂在自己腰带边,过渡的谁需要这东西皆慷慨奉赠,估计那远路人对于身边草烟引起了相当的注意时,便把一小束草烟扎到那人包袱上去,一面说,"不吸这个吗,这好的,这妙的,送人也很合式!"茶叶则在六月里放进大缸里去,用开水泡好,给过路人解渴。

管理这渡船的,就是住在塔下的那个老人。活了七十年,从二十岁起便守在这小溪边,五十年来不知把船来去渡了若干人。年纪虽那么老了,本来应当休息了,但天不许他休息,他仿佛便不能够同这一分生活离开。他从不思索自己的职务对于本人的意义,只是静静的很忠实的在那里活下去。代替了天,使他在日头升起时,感到生活的力量,当日头落下时,又不至于思量与日头同时死去的,是那个伴在他身旁的女孩子。他唯一的朋友为一只渡船与一只黄狗,唯一的亲人便只那个女孩子。

女孩子的母亲,老船夫的独生女,十五年前同一个茶峒军人,很秘密的背着那忠厚爸爸发生了暧昧关系。有了小孩子后,这屯戍军士便想约了她一同向下游逃去。但从逃走的行为上看来,一个违悖了军人的责任,一个却必得离开孤独的父亲。经过一番考虑后,军人见她无远走勇气,自己也不便毁去作军人的名誉,就心想:一同去生既无法聚首,一同去死当无人可以阻拦,首先服了毒。事情业已为作渡船夫的父亲知道,父亲却不加上一个有分量的字眼儿,只作为并不听到过这事情一样,仍然把日子很平静的过下去。女儿一面怀了羞惭一面却怀了怜悯,仍守在父亲身边,待到腹中小孩生下后,却到溪边吃了许多冷水死去了。在一种奇迹中这遗孤居然已长大成人,一转眼间便十三岁了。为了住处两山多篁竹,翠色逼人而来,老船夫随便为这可怜的孤雏,拾取了一个近身的名字,叫作"翠翠"。

翠翠在风日里长养着,故把皮肤变得黑黑的,触目为青山绿水,故眸子清明如水晶。自然既长养她且教育她,故天真活泼,处处俨然如一只小兽物。人又那么乖,如山头黄麂一样,从不想到残忍事情,从不发愁,从不动气。平时在渡船上遇陌生人对她有所注意时,便把光光的眼睛瞅着那陌生人,作成随时皆可举步逃入深山的神气,但明白了人无机心后,就又从从容容的在水边玩耍了。

老船夫不论晴雨,皆守在船头,有人过渡时,便略弯着腰,两手缘引了竹缆,把船横渡过小溪。有时疲倦了,躺在临溪大石上睡着了,人在隔岸招手喊过渡,翠翠不让祖父起身,就跳下船去,很敏捷的替祖父把路人渡过溪,一切皆溜刷在行,从不误事。有时又与祖父黄狗一同在船上,过渡时与祖父一同动手,船将近岸边,祖父正向客人招呼:"慢点,慢点"时,那只黄狗便口衔绳子,最先一跃而上,且俨然懂得如何方为尽职似的,把船绳紧衔着拖船拢岸。

风日清和的天气,无人过渡,镇日长闲,祖父同翠翠便坐在门前大岩石上晒太阳,或把一段木头从高处向水中抛去,嗾身边黄狗自岩石高处跃下,把木头衔回来。或翠翠与黄狗皆张着耳朵,听祖父说些城中多年以前的战争故事。或祖父同翠翠两人,各把小竹作成的竖笛,逗在嘴边吹着迎亲送女的曲子,过渡人来

吹 笛

了，老船夫放下了竹管，独自跟到船边去，横溪渡人，在岩上的一个，见船开动时，于是锐声喊着：

"爷爷，爷爷，你听我吹——你唱！"

爷爷到溪中央便很快乐的唱起来，哑哑的声音同竹管声，振荡在寂静空气里，溪中仿佛也热闹了一些。（实则歌声的来复，反而使一切更寂静一些了。）

有时过渡的是从川东过茶峒的小牛，是羊群，是新娘子的花轿，翠翠必争着作渡船夫，站在船头，懒懒的攀引缆索，让船缓缓的过去。牛羊花轿上岸后，翠翠必跟着走，站到小山头，目送这些东西走去很远了，方回转船上，把船牵靠近家的岸边。且独自低

花　环

低的学小羊叫着,学母牛叫着,或采一把野花缚在头上,独自装扮新娘子。

　　茶峒山城只隔渡头一里路,买油买盐时,逢年过节祖父得喝一杯酒时,祖父不上城,黄狗就伴同翠翠入城里去备办东西。到了买杂货的铺子里,有大把的粉条,大缸的白糖,有炮仗,有红蜡烛,莫不给翠翠一种很深的印象,回到祖父身边,总把这些东西说个半天。那里河边还有许多船,比起渡船来全大得多,有趣味得多,翠翠也不容易忘记。

二

茶峒地方凭水依山筑城,近山的一面,城墙如一条长蛇,缘山爬去。临水一面则在城外河边留出余地设码头,湾泊小小篷船,船下行时运桐油青盐,染色的梧子。上行则运棉花,棉纱,以及布匹杂货同海味。贯串各个码头有一条河街,人家房子多一半着陆,一半在水,因为余地有限,那些房子莫不设吊脚楼。河中涨了春水,到水进街后,河街上人家,便各用长长的梯子,一端搭在屋檐口,一端搭在城墙上,人人皆骂着嚷着,带了包袱,铺盖,米缸,从梯子上进城里去,水退时,方又从城门口出城。水若特别猛一些,沿河吊脚楼,必有一处两处为水冲去,大家皆在城上头呆望,受损失的也同样呆望着,对于所受的损失仿佛无话可说,与在自然安排下,眼见其他无可挽救的不幸来时相似。涨水时在城上还可望着骤然展宽的河面,流水浩浩荡荡,随同山水从上流浮沉而来的有房子、牛、羊、大树。于是在水势较缓处,税关趸船前面,便常常有人驾了小舢板,一见河心浮沉而来的是一匹牲畜,一段小木,或一只空船;船上有一个妇人或一个小孩哭喊的声音,便急急的把船桨去,在下游一些迎着了那个目的物,把它用长绳系定,再向岸边桨去。这些勇敢的人,也爱利,也仗义,同一般当地人相似。不拘救人救物,却同样在一种愉快冒险行为中,做得十分敏捷勇敢,使人见及不能不为之喝彩。

那条河水便是历史上知名的酉水,新名字叫作白河。白河到辰州与沅水汇流后,便略显浑浊,有出山泉水的意思。若溯流而上,则三丈五丈的深潭皆清澈见底。深潭中为白日所映照,河底小小白石子,有花纹的玛瑙石子,皆看得明明白白。水中游鱼来去,皆如浮在空气里。两岸多高山,山中多可以造纸的细竹,长年作深翠颜色,逼人眼目。近水人家多在桃杏花里,春天时只需注意,凡有桃花处必有人家,凡有人家处必可沽酒。夏天则晒晾在日光下耀目的紫花布衣裤,可以作为人家所在的旗帜。秋冬来时,房屋在悬崖上的,滨水的,无不朗然入目,黄泥的墙,乌黑的瓦,位置则永远那么妥贴,且与四围环境极其调和,使人迎面得到的印象,非常愉快。一个对于诗歌图画稍有兴味的旅客,在这小河中,蜷伏于一只小船上,作三十天的旅行,必不至于感到厌烦,正因为处处有奇迹,自然的大胆处与精巧处,无一处不使人神往倾心。

白河的源流,从四川边境而来,故凡从白河上行的小船,春水发时可以直达川属的秀山。但属于湖南境界的,则茶峒为最后一个水码头。这条河水的河面,在茶峒时虽宽约半里,当秋冬之际水落时,河床流水处还不到二十丈,其余皆一滩青石。小船到此后,既无从上行,故凡川东的进出口货物,皆由这地方落水起岸。出口货物俱由脚夫用杉木扁担压在肩膊上挑抬而来,入口货物也莫不从这地方成束成担的用人力搬去。

这地方城中只驻扎一营由昔年绿营屯丁改编而成的戍兵,及五百家左右的住户。(这些住户中,除了一部分拥有了些山田同油坊,或放账屯油、屯米、屯棉纱的小资本家外,其余多数皆为当年屯戍来此有军籍的人家。)地方还有个厘金局,办事机关在城外河街下面小庙里,局长则住在城中。一营兵士驻在老参将衙门,除了号兵每天上城吹号玩,使人知道这里驻有军队以外,兵士皆仿佛并不存在。冬天的白日里,到城里去,便只见各处人家门前皆晾晒有衣服同青菜。红薯多带藤悬挂在屋檐下。用棕衣作成的口袋,装满了栗子榛子,也多悬挂在檐口下。各处有大小鸡叫着玩着。间或有什么男子,占据在自己屋前门限上锯木,或用斧头劈树,把劈好的柴堆到敞坪里去如宝塔。又或可以见到几个妇人,穿了浆洗得极硬的蓝布衣裳,胸前挂有白布围裙,躬着腰在日光下一面说话一面作事。一切总永远那么静寂,所有人民每个日子皆在这种寂寞里过去。一分安静增加了人对于"人事"的思索力,增加了梦,在这小城中生存的,各人也一定皆各在分定一份日子里,怀了对于人事爱憎必然的期待。但这些人想些什么?谁知道。住在城中较高处,门前一站便可以眺望对河以及河中的景致,船来时,远远的就从对河滩上看着无数纤夫。那些纤夫也有从下游地方,带了细点心洋糖之类,拢岸时却拿进城中来换钱的。船来时,小孩子的想像,当在那些拉船人方面。大人呢,孵一窠小鸡,养两只猪,托下行船夫带两丈官青布,或一坛好酱油,一个双料的美孚灯罩回来,便占去了大部分作主妇的心了。

这小城里虽那么安静和平,但地方既为川东商业交易接头处,故城外小小河街,却不同了一点。也有商人落脚的客店,坐镇不动的理发馆。此外饭店,杂货铺,油行,盐栈,花衣庄,莫不各有一种地位,装点了这条河街。还有卖船上檀木活车竹缆与罐锅铺子,介绍水手职业吃码头饭的人家。小饭店门前,常有煎得焦黄的鲤鱼豆腐,身上装饰了红辣椒丝,卧在浅口钵头里,钵旁大竹筒中插着大把红筷子,不拘谁个愿意花点钱,这人就可以傍了门前长案坐下来,抽出一双筷子到手上,那边一个眉毛扯得极细脸上擦了白粉的妇人,就走过来问:"要甜酒?要烧酒?"男子火焰高一点的,谐趣的,对内掌柜有点意思的,必装成生气似的说:"吃甜酒?又不是小孩,还问人吃甜酒!"那么,酽冽的烧酒,从大瓮里用木滤子舀出,倒进土碗里,即刻就来到身边案桌上了。杂货铺卖美孚油,及点美孚油的洋灯,与香烛纸张。油行屯桐油。盐栈堆火井出的青盐。花衣庄则有白棉纱,大布,棉花,以及包头的黑绉绸出卖。卖船上用物的,百物罗列,无所不备,且间或有重至百斤以外的铁锚,搁在门外路旁,等候主顾问价的。专以介绍水手为事业,吃水码头饭的,则在河街的家中,终日大门敞开着,常有穿青羽缎马褂的船主与毛手毛脚的水手进出,地方像茶馆却不卖茶,不是烟馆又可以抽烟。来到这里的,虽说所谈的是船上生意经,然而船只的上下,划船拉纤人大都有一定规矩,不必作数目上的讨论。他们来到这里大多数倒是在"联欢"。以"龙头管事"作中心,谈论点本地时事,两省商务上情形,以及下游的"新事"。邀会的,集款时大多数皆在此地,爬骰子看点数多少轮作会首时,也常常在此举行。真真成为他们生意经的,有两件事:买卖船只,买卖媳妇。

大都市随了商务发达而产生的某种寄食者,因为商人的需要,水手的需要,这小小边城的河街,也居然有那么一群人,聚集在一些有吊脚楼的人家。这种妇人不是从附近乡下弄来,便是随同川军来湘流落后的妇人,穿了假洋绸的衣服,印花标布的裤子,把眉毛扯得成一条细线,大大的发髻上敷了香味极浓俗的油类,白日里无事,皆坐在门口做鞋子,在鞋尖上用红绿丝线挑绣双凤,或靠在临河窗口上看水手起货,听水手爬桅子唱歌。到了晚间,则轮流的接待商人同水手,切切实实尽一个妓女应尽的义务。

由于边地的风俗淳朴,便是作妓女,也永远那么浑厚,遇不相熟的人,做生意时得先交钱,再关门撒野,人既相熟后,钱便在可有可无之间了。妓女多靠四川商人维持生活,但恩情所结,则多在水手方面。感情好的,互相咬着嘴唇咬着颈脖发了誓,约好了"分手后各人皆不许胡闹",四十天或五十天,在船上浮着的那一个,同在岸上蹲着的这一个,便皆呆着打发这一堆日子,尽把自己的心紧紧缚定远远的一个人。尤其是妇人,痴到无可形容,男子过了约定时间不回来,做梦时,就总常常梦船拢了岸,一个人摇摇荡荡的从船跳板到了岸上,直向身边跑来。或日中有了疑心,则梦里必见男子在桅上向另一方面唱歌,却不理会自己。性格弱一点儿的,接着就在梦里投河吞鸦片烟,强一点儿的便手执菜刀,直向那水手奔去。他们生活虽那么同一般社会疏远,但是眼泪与欢乐,在一种爱憎得失间,揉进了这些人生活里时,也便同另外一片土地另外一些人相似,全个身心为那点爱憎所浸透,见寒作热,忘了一切。若有多少不同处,不过是这些人更真切一点,也更近于胡涂一点罢了。短期的包定,长期的嫁娶,一时间的关门,这些关于一个女人身体上的交易,由于民情的淳朴,身当其事的不觉得如何下流可耻,旁观者也就从不用读书人的观念,加以指摘与轻视。这些人既重义轻利,又能守信自约,即便是娼妓,也常常较之知羞耻的城市中人还更可信任。

掌水码头的名叫顺顺,一个前清时便在营伍中混过日子来的人物,革命时在著名的陆军四十九标做个什长。同样做什长的,有因革命成了伟人名人的,有杀头碎尸的,他却带着少年喜事得来的脚疯痛,回到了家乡,把所积蓄的一点钱,买了一条六桨白木船,租给一个穷船主,代人装货在茶峒与辰州之间来往。气运好,半年之内船皆不坏事,于是他从所赚的钱上,又讨了一个略有产业的白脸黑发小寡妇。数年后,在这条河上,他就有了八只船,一个妻子,两个儿子了。

但这个大方洒脱的人,事业虽十分顺手,却因欢喜交朋结友,慷慨而又能济人之急,便不能同贩油商人一样大大发作起来。自己既在粮子里混过日子,明白出门人的甘苦,理解失意人的心情,故凡因船失事破产的船家,过路的退伍兵士,游学文人,凡到了这个地方,闻名求助的莫不尽力帮助。一面从水上赚来钱,一面就这样洒脱散去。这人虽然脚上有点小毛病,还能泅水,走路难得其平,为人却那么公正无私。水面上各事原本极其简单,一切皆为一个习惯所支配,谁个船碰了头,谁个船妨害了别一个人别一只船的利益,皆照例有习惯方法来解决。惟运用这种习惯规矩排调一切的,必需一个高年硕德的中心人物。某年秋天,那原来一个人死去了,顺顺作了这样一个代替者。那时他还只五十岁,明事明理,为人既正直和平,又不爱财,故无人对他年龄怀疑。

到如今,他的儿子大的已十六岁,小的已十四岁。两个年青人皆结实如小公牛,能驾船,能泅水,能走长路。凡从小乡城里出身的年青人所能够作的事,他们无一不作,作去无一不精。年纪较长的，如他们爸爸一样，豪放豁达，不拘常套小节。年幼的则气质近于那个白脸黑发的母亲，不爱说话，眼眉却秀拔出群，一望即知其为人聪明而又富于感情。

两兄弟既年已长大，必需在各一种生活上来训练他们的人格，作父亲的就轮流派遣两个小孩子各处旅行；向下行船时，多随了自己的船只充伙计，甘苦与人相共。荡桨时选最重的一把，背纤时拉头纤二纤，吃的是干鱼，辣子，臭酸菜，睡的是硬帮帮的舱板。向上行从旱路走去，则跟了川东客货，过秀山龙潭酉阳作生意，不论寒暑雨雪，必穿了草鞋按站赶路。且佩了短刀，遇不得已必需动手，便霍的把刀抽出，站到空阔处去，等候对面的一个，继着就同这个人用肉搏来解决。帮里的风气，既为"对付仇敌必需用刀，联结朋友也必需用刀"，故需要刀时，他们也就从不让它失去那点机会。学贸易，学应酬，学习到一个新地方去生活，且学习用刀保护身体同名誉，教育的目的，似乎在使两个孩子学得做人的勇气与义气。一分教育的结果，弄得两个人皆结实如老虎，却又和气亲人，不骄惰，不浮华，故父子三人在茶峒边境上，为人所提及时，人人对这个名姓无不加以一种尊敬。

作父亲的当两个儿子很小时，就明白大儿子一切与自己相似，却稍稍见得溺爱那第二个儿子。由于这点不自觉的私心，他把长子取名天保，次子取名傩送。天保佑的在人事上或不免有龃龉处，至于傩神所送来的，照当地习气，人便不能稍加轻视了。傩送美丽得很，茶峒船家人拙于赞扬这种美丽，只知道为他取出一个浑名为"岳云"。虽无什么人亲眼看到过岳云，一般的印象，却从戏台上小生岳云，得来一个相近的神气。

三

两省接壤处，十余年来主持地方军事的，注重在安辑保守，处置极其得法，并无变故发生。水陆商务既不至于受战争停顿，也不至于为土匪影响，一切莫不极有秩序，人民也莫不安分乐生。这些人，除了家中死了牛，翻了船，或发生别的死亡大变，为一种不幸所绊倒，觉得十分伤心外，中国其他地方正在如何不幸挣扎中的情形，似乎就永远不会为这边城人民所感到。

边城所在一年中最热闹的日子，是端午，中秋，与过年。三个节日过去三五十年前，如何兴奋了这地方人，直到现在，还毫无什么变化，仍能成为那地方居民最有意义的几个日子。

端午日，当地妇女小孩子，莫不穿了新衣，额角上用雄黄蘸酒画了个王字。任何人家到了这天必皆可以吃鱼吃肉。大约上午十一点钟左右，全茶峒人就皆吃了午饭，把饭吃过后，在城里住家的，莫不倒锁了门，全家出城到河边看划船。河街有熟人的，可到河街吊脚楼门口边看，不然就站在税关门口与各个码头上看。河中龙船以长潭某处作起点，税关前作终点，因为这一天军官税官以及当地有身分的人，莫不在税关前看热闹。划船的事各人在数天以前就早有了准备，分组分帮各自选出了若干身体结实手脚伶俐的小伙子，在潭中练习进退，船只的形式，与平常木船皆不相同，形体一律又长又狭，两头高高翘起，船身绘着朱红颜色长线,平常时节多搁在河边干燥洞穴里,要用它时,拖下水去。每只船可坐十二个到十八个桨手,一个带头的,一个鼓手,一个锣手。桨手每人持一支短桨,随了鼓声缓促为节拍,把船向前划去。坐在船头上,头上缠裹着红布包头,手上拿两枝小令旗,左右挥动,指挥船只的进退。擂鼓打锣的,多坐在船只的中部,船一划动便即刻蓬蓬铛铛把锣鼓很单纯的敲打起来,为划桨水手调理下桨节拍。一船快慢既不得不靠鼓声,故每当两船竞赛到剧烈时,鼓声如雷鸣,加上两岸人呐喊助威,便使人想起梁红玉老鹳河时水战擂鼓,牛皋水擒杨幺时也是水战擂鼓。凡把船划到前面一点的,必可在税关前领赏,一匹红,一块小银牌,不拘缠挂到船上某一个人头上去,皆显出这一船合作的光荣。好事的军人,且当每次某一只船胜利时,必在水边放些表示胜利庆祝的五百响边炮。

赛船过后,城中的戍军长官,为了与民同乐,增加这节日的愉快起见,便把绿头长颈大雄鸭,颈脖上缚了红布条子,放入河中,尽善于泅水的军民人等,下水追赶鸭子。不拘谁把鸭子捉到,谁就成为这鸭子的主人。于是长潭换了新的花样,水面各处是鸭子,各处有追赶鸭子的人。

船与船的竞赛,人与鸭子的竞赛,直到天晚方能完事。

掌水码头的龙头大哥顺顺,年青时节便是一个泅水的高手,入水中去追逐鸭子,在任何情形下总不落空。但一到次子傩送年过十二岁时,已能入水闭气氽着到鸭子身边,再忽然从水中冒水而出,把鸭子捉到,这作爸爸的便解嘲似的说:"好,这种事有你们来作,我不必再下水了。"于是当真就不下水与人来竞争捉

风调雨顺

鸭子。但下水救人呢,当作别论。凡帮助人远离患难,便是入火,人到八十岁,也还是成为这个人一种不可逃避的责任!

天保傩送两人皆是当地泅水划船好选手。

端午又快来了,初五划船,河街上初一开会,就决定了属于河街的那只船当天入水。天保恰好在那天应向上行,随了陆路商人过川东龙潭送节货,故参加的就只傩送。十六个结实如牛犊的小伙子,带了香、灯、边炮、同一个用生牛皮蒙好绘有朱红太极图的高脚鼓,到了搁船的河上游山洞边,烧了香灯,把船拖入水后,各人上了船,燃着边炮,擂着鼓,这船便如一枝箭似的,很迅速的向下游长潭射去。

那时节还是上午,到了午后,对河渔人的龙船也下了水,两只龙船就开始预习种种竞赛的方法。水面上第一次听到了鼓声,许多人从这鼓声中,感到了节日临近的欢悦。住临河吊脚楼有所盼望的,也莫不因鼓声想到远人。在这个节日里,必然有许多船只可以赶回,也有许多船只只合在半路过节,这之间,便有些眼目所难见的人事哀乐,在这小山城河街间,让一些人嬉喜,也让一些人皱眉!

蓬蓬鼓声掠水越山到了渡船头那里时,最先注意到的是那只黄狗。那黄狗汪汪的吠着,受了惊似的绕屋乱走,有人过渡时,便随船渡过河东岸去,且跑到那小山头向城里一方面大吠。

翠翠正坐在门外大石上用棕叶编蚱蜢蜈蚣玩,见黄狗先在太阳下睡着,忽然醒来便发疯似的乱跑,过了河又回来,就问它骂它:

"狗,狗,你做什么!不许这样子!"

可是一会儿那声音被她发现了,她于是也绕屋跑着,且同黄狗一块儿渡过了小溪,站在小山头听了许久,让那点迷人的鼓声,把自己带到一个过去的节日里去。

四

还是两年前的事。五月端阳,渡船头祖父找人作了代替,便带了黄狗同翠翠进城,过大河边去看划船。河边站满了人,四只朱色长船在潭中滑着,龙船水刚刚涨过,河中水皆豆绿色,天气又那么明朗,鼓声蓬蓬响着,翠翠抿着嘴一句话不说,心中充满了不可言说的快乐。河边人太多了一点,各人皆尽张着眼睛望河中,不多久,黄狗还在身边,祖父却挤得不见了。

翠翠一面注意划船,一面心想"过不久祖父总会找来的"。但过了许久,祖父还不来,翠翠便稍稍有点儿着慌了。先是两人同黄狗进城前一天,祖父就问翠翠:"明天城里划船,倘若一个人去看,人多怕不怕?"翠翠就说:"人多我不怕,但自己只是一个人可不好玩。"于是祖父想了半天,方想起一个住在城中的老熟人,赶夜里到城里去商量,请那老人来看一天渡船,自己却陪翠翠进城玩一天。且因为那人比渡船老人更孤单,身边无一个亲人,也无一只狗,因此便约好了那人早上过家中来吃饭,喝一杯雄黄酒。第二天那人来了,吃了饭,把职务委托那人以后,翠翠等便进了城。到路上时,祖父想起什么似的,又问翠翠,"翠翠,翠翠,人那么多,好热闹,你一个人敢到河边看龙船吗?"翠翠说:"怎么不敢?可是一个人有什么意思。"到了河边后,长潭里的四只红船,把翠翠的注意力完全占去了,身边祖父似乎也可有可无了。

祖父心想："时间还早，到收场时，至少还得三个时刻。溪边的那个朋友，也应当来看看年青人的热闹，回去一趟，换换地位还赶得及。"因此就告翠翠，"人太多了，站在这里看，不要动，我到别处去有事情，无论如何总赶得回来伴你回家。"翠翠正为两只竞速并进的船迷着，祖父说的话毫不思索皆答应了。祖父知道黄狗在翠翠身边，也许比他自己在她身边还稳当，于是便回家看船去了。

祖父到了那渡船处时，见代替他的老朋友，正站在白塔下注意听远处鼓声。

祖父喊他，请他把船拉过来，两人渡过小溪仍然站到白塔下去。那人问老船夫为什么又跑回来，祖父就说想替他一会儿故把翠翠留在河边，自己赶回来，好让他也过河边去看看热闹，且说，"看得好，就不必再回来，只须见了翠翠告她一声，翠翠到时自会回家的，小丫头不敢回家，你就伴她走走！"但那替手对于看龙船已无什么兴味，却愿意同老船夫在这溪边大石上各自再喝两杯烧酒。老船夫十分高兴，把酒葫芦取出，推给城中来的那一个。两人一面谈些端午旧事，一面喝酒，不到一会，那人却在岩石上为烧酒醉倒了。

人既醉倒了，无从入城，祖父为了责任又不便与渡船离开，留在河边的翠翠便不能不着急了。

河中划船的决了最后胜负后，城里军官已派人驾小船在潭中放了一群鸭子，祖父还不见来。翠翠恐怕祖父也正在什么地方等着她，因此带了黄狗各处丛中挤着去找寻祖父，结果还是不得祖父的踪迹。后来看看天快要黑了，军人抗了长凳出城看热闹

赶集

的,皆已陆续抗了那凳子回家。潭中的鸭子只剩下三五只,捉鸭人也渐渐的少了。落日向上游翠翠家中那一方落去,黄昏把河面装饰了一层薄雾。翠翠望到这个景致,忽然起了一个怕人的想头,她想:"假若爷爷死了?"

她记起祖父嘱咐她不要离开原来地方那一句话,便又为自己解释这想头的错误,以为祖父不来必是进城去或到什么熟人处去,被人拉着喝酒,故一时不能来的。正因为这也是可能的事,她又不愿在天未断黑以前,同黄狗赶回家去,只好站在那石码头边等候祖父。

再过一会,对河那两只长船已泊到对河小溪里去不见了,看龙船的人也差不多全散了。吊脚楼有娼妓的人家,已上了灯,且有人敲小斑鼓弹月琴唱曲子。另外一些人家,又有划拳行酒的吵嚷声音。同时泊在吊脚楼下的一些船只,上面也有人在摆酒炒菜,把青菜萝卜之类,倒进滚热油锅里去时发出吵——的声音。河面已蒙蒙眬眬,看去好像只有一只白鸭在潭中浮着,也只剩一个人追着这只鸭子。

翠翠还是不离开码头,总相信祖父会来找她,同她一起回家。

吊脚楼上唱曲子声音热闹了一些,只听到下面船上有人说话,一个水手说:"金亭,你听你那婊子陪川东庄客喝酒唱曲子,我赌个手指,说这是她的声音!"另一个水手就说:"她陪他们喝酒唱曲子,心里可想我。她知道我在船上!"先前那一个又说:"身体让别人玩着,心还想着你;你有什么凭据?"另一个说:"有凭据。"于是这水手吹着唿哨,作出一个古怪的记号,一会儿,楼上歌声便停止了。歌声停止后,两个水手皆笑了。两人接着便说了些关于那个女人的一切,使用了不少粗鄙字眼,翠翠很不习惯把这种话听下去,但又不能走开。且听水手之一说楼上妇人的爸爸是被人杀死的,一共杀了十七刀,翠翠心中那个古怪的想头,"爷爷死了呢?"便仍然占据到心里有一忽儿。

两个水手还正在谈话,潭中那只白鸭慢慢的向翠翠所在的码头边游来,翠翠想:"再过来些我就捉住你!"于是静静的等着,但那鸭子将近岸边三丈远近时,却有个人笑着,喊那船上水手。原来水中还有个人,那人已把鸭子捉到手,却慢慢的"踹水"游近岸边的。船上人听到水面的喊声,在隐约里也喊道:"二老,二老,你真干,你今天得了五只罢。"那水上人说:"这家伙狡猾得很,现在可归我了。""你这时捉鸭子,将来捉女人,一定有同样的本领。"水上那一个不再说什么,手脚并用的拍着水傍了码头。湿淋淋的爬上岸时,翠翠身旁的黄狗,仿佛警告水中人似的,汪汪的叫了几声,那人方注意到翠翠。码头上已无别的人,那人问:

"是谁人?"

"是翠翠!"

"翠翠又是谁?"

"是碧溪岨撑渡船的孙女。"

"你在这儿做什么?"

"我等我爷爷。我等他来。"

"等他来他可不会来,你爷爷一定到城里军营里喝了酒,醉倒后被人抬回去了!"

"他不会这样子,他答应来找我,他就一定会来的。"

"这里等也不成,到我家里去,到那边点了灯的楼上去,等爷爷来找你好不好?"

翠翠误会邀他进屋里去那个人的好意,正记着水手说的妇人丑事,她以为那男子就是要她上有女人唱歌的楼上去,本来从不骂人,这时正因等候祖父太久了,心中焦急得很,听人要她上去,以为欺侮了她,就轻轻的说:

"悖时砍脑壳的!"

话虽轻轻的,那男的却听得出,且从声音上听得出翠翠年纪,便带笑说:"怎么,你骂人! 你不愿意上去,要耽在这儿,回头水里大鱼来咬了你,可不要叫喊!"

翠翠说:"鱼咬了我也不管你的事。"

那黄狗好像明白翠翠被人欺侮了,又汪汪的吠起来,那男子把手中白鸭举起,向黄狗吓了一下,便走上河街去了。黄狗为了自己被欺还想追过去,翠翠便喊:"狗,狗,你叫人也看人叫!"翠翠意思仿佛只在告给狗"那轻薄男子还不值得叫",但男子听去的却是另外一种好意,放肆的笑着,不见了。

又过了一阵,有人从河街拿了一个废缆做成的火炬,喊叫着翠翠的名字来找寻她,到身边时翠翠却不认识那个人。那人说:老船夫回到家中,不能来接她,故搭了过渡以口信来告翠翠要她即刻就回去。翠翠听说是祖父派来的,就同那人一起回家,让打火把的在前引路,黄狗时前时后,一同沿了城墙向渡口走去。翠翠一面走一面问那拿火把的人,是谁告他就知道她在河边。那人说这是二老告他的,他是二老家里的伙计,送翠翠回家后还得回转河街。

翠翠说:"二老他怎么知道我在河边?"

那人便笑着说:"他从河里捉鸭子回来,在码头上见你,他说好意请你上家里坐坐,等候你爷爷,你还骂过他!"

翠翠带了点儿惊讶轻轻的问:"二老是谁?"

那人也带了点儿惊讶说:"二老你还不知道?! 就是傩送二老! 就是岳云! 他要我送你回去!"

傩送二老在茶峒地方不是一个生疏的名字。

翠翠想起自己先前骂人那句话,心里又吃惊又害羞,再也不说什么,默默的随了那火把走去。

翻过了小山岨,望得见对溪家中火光时,那一方面也看见了翠翠方面的火把,老船夫即刻把船拉过来,一面拉船一面哑声儿喊问:"翠翠,翠翠,是不是你?"翠翠不理会祖父,口中却轻轻的说:"不是翠翠,不是翠翠,翠翠早被大河里鲤鱼吃去了。"翠翠上了船,二老派来的人,打着火把走了,祖父牵着船问:"翠翠,你怎么不答应我,生我的气了吗?"

翠翠站在船头还是不作声。翠翠对祖父那一点儿埋怨,等到把船拉过了溪,一到了家中,看明白了醉倒的另一个老人后,就完事了。但另一件事,属于自己不关祖父的,却使翠翠沉默了一个夜晚。

五

两年日子过去了。

这两年来两个中秋节,恰好皆无月亮可看,凡在这边城地方,因看月而起整夜男女唱歌的故事,皆不能如期举行,故两个中秋留给翠翠的印象,极其平淡无奇。两个新年虽照例可以看到军营里与各乡来的狮子龙灯,在小教场迎春,锣鼓喧阗很热闹,到了十五夜晚,城中舞龙耍狮子的镇筸兵士,还各自赤裸着肩膊,往各处去欢迎炮仗烟火。城中军营里,税关局长公馆,河街上一些大字号,莫不预先截老毛竹筒,或镂空棕榈树根株,用洞硝拌和矿炭钢砂,一千捶八百捶把烟火做好。好勇取乐的光身军士,玩着灯打着鼓来了,小边炮如落雨的样子,从悬到长竿尖端的空中落到玩灯的肩背上,锣鼓催动急促的拍子,大家皆为这事情十分兴奋。边炮放过一阵后,用长凳绑着的大筒灯火,在敞坪一端燃起了引线,先是哔哔的流泻白光,慢慢的这白光便吼啸起来,作出如雷如虎惊人的声音,白光向上空冲去,高至二十丈,下落时便洒散着满天花雨。玩灯的兵士,在火花中绕着圈子,俨然毫不在意的样子。翠翠同他的祖父,也看过这样的热闹,留下一个热闹的印象,但这印象不知为什么原因,总不如那个端午所经过的事情甜而美。

翠翠为了不能忘记那件事,上年一个端午又同祖父到城边

边　城

河街去看了半天船,一切玩得正好时,忽然落了行雨,无人衣衫不被雨湿透,为了避雨,祖孙二人同那只黄狗,走到顺顺吊脚楼上去,挤在一个角隅里。有人抗凳子从身边过去,翠翠认得那人是去年打了火把送她回家的人,就告给祖父:

"爷爷,那个人去年送我回家,他拿了火把走路时,真像个喽啰!"

祖父当时不作声,等到那人回头又走过面前时,就一把抓住那个人,笑嘻嘻说:

"嗨嗨,你这个人!要你到我家喝一杯也不成,还怕酒里有毒,把你这个真命天子毒死!"

苗鼓舞

那人一看是守渡船的,且看到了翠翠,就笑了。"翠翠,你大长了!二老说你在河边大鱼会吃你,我们这里河中的鱼,现在可吞不下你了。"

翠翠一句话不说,只是抿起嘴唇笑着。

这一次虽在这喽啰长年口中听到个"二老"名字,却不曾见及这个人。从祖父与那长年谈话里,翠翠听明白了二老是在下游六百里外青浪滩过端午的。但这次不见二老却认识了"大老",且见着了那个一地出名的顺顺。大老把河中的鸭子捉回家里后,因为守渡船的老家伙称赞了那只肥鸭两次,顺顺就要大老把鸭子给翠翠。且知道祖孙二人所过的日子,十分拮据,节日里自己不能包粽子,又送了许多三角粽子。

那水上名人同祖父谈话时,翠翠虽装作眺望河中景致,耳朵却把每一句话听得清清楚楚。那人向祖父说翠翠长得很美,问过翠翠年纪,又问有不有人家。祖父则很快乐的夸奖了翠翠不少,且似乎不许别人来关心翠翠的婚事,故一到这件事便闭口不谈。

回家时,祖父抱了那只白鸭子同别的东西,翠翠打火把引路。两人沿城墙走去,一面是城,一面是水。祖父说:"顺顺是好人,大方得很。大老也很好。这一家人都好!"翠翠说:"一家人都好,你认识他们一家人吗?"祖父不明白这句话的意思所在,因为今天太高兴一点,便笑着说:"翠翠,假若大老要你做媳妇,请人来做媒,你答应不答应?"翠翠就说:"爷爷,你疯了!再说我就生你的气!"

祖父话虽不说了,心中却很显然的还转着这些不好的可笑的念头。翠翠着了恼,把火炬向路两旁乱晃着,向前快快的走去了。

"翠翠,莫闹,我摔到河里去,鸭子会走脱的!"

"谁也不希罕那只鸭子!"

祖父明白翠翠为什么事不高兴,祖父便唱起摇橹人驶船下滩时催橹的歌声,声音虽然哑沙沙的,字眼儿却稳稳当当毫不含糊。翠翠一面听着一面向前走去,忽然停住了发问:

"爷爷,你的船是不是正在下青浪滩呢?"

祖父不说什么,还是唱着,两人皆记顺顺家二老的船正在青浪滩过节,但谁也不明白另外一个人的记忆所止处。祖孙二人便沉默的一直走还家中。到了渡口,那代理看船的,正把船泊在岸边等候他们。几人渡过溪到了家中,剥粽子吃,到后那人要进城去,翠翠赶即为那人点上火把,让他有火把照路。人过了小溪上小山时,翠翠同祖父在船上望着,翠翠说:

"爷爷,看喽啰上山了啊!"

祖父把手攀引着横缆,注目溪面的薄雾,仿佛看到了什么东西,轻轻的吁了一口气。祖父静静的拉船过对岸家边时,要翠翠先上岸去,自己却守在船边,因为过节,明白一定有乡下人从城里看龙船,还得乘黑赶回家乡。

六

白日里,老船夫正在渡船上,同个卖皮纸的过渡人有所争持。一个不能接受所给的钱,一个却非把钱送给老人不可。正似乎因为那个过渡人送钱气派,使老船夫受了点压迫,这撑渡船人就俨然生气似的,迫着那人把钱收回,使这人不得不把钱捏在手里,但船拢岸时,那人跳上了码头,一手铜钱向船舱里一撒,却笑迷迷的匆匆忙忙走了。老船夫手还得拉着船让别一个人上岸,无法去追赶那个人,就喊小山头的孙女:

"翠翠,翠翠,为我拉着那个卖皮纸的小伙子,不许他走!"

翠翠不知道是怎么会事,当真便同黄狗去拦着那第一个下山人。那人笑着说:

"不要拦我!……"

正说着,第二个商人赶来了,就告给翠翠是什么事情。翠翠明白了,更拉着卖纸人衣服不放,只说:"不许走!不许走!"黄狗为了表示同主人的意见一致,也便在翠翠身边汪汪汪的吠着。其余商人皆笑着,一时不能走路。祖父气呼呼的赶来了,把钱强迫塞到那人手心里,且搭了一大束草烟到那商人担子上去,搓着两手笑着说:"走呀!你们上路走!"那些人于是全笑着走了。

翠翠说:"爷爷,我还以为那人偷你东西同你打架!"

祖父就说:

"他送我好些钱,我才不要这些钱!告他不要钱,他还同我吵,不讲道理!"

翠翠说:"全还给他了吗?"

祖父抿着嘴把头摇摇,装成狡猾得意神气笑着,把扎在腰带上留下的那枚单铜子取出,送给翠翠。且说:

"他得了我们那把烟叶,可以吃到镇筸城!"

远处鼓声又蓬蓬的响起来了,黄狗张着两个耳朵听着。翠翠问祖父,听不听到什么声音。祖父一注意,知道是什么声音了,便说:

"翠翠,端午又来了。你记不记得去年天保大老送你那只肥鸭子。早上大老同一群人上川东去,过渡时还问你。你一定忘记那次落的行雨。我们这次若去,又得打火把回家;你记不记得我们两人用火把照路回家?"

翠翠还正想起两年前的端午一切事情哪。但祖父一问,翠翠却微带点儿恼着的神气,把头摇摇,故意说:"我记不得,我记不得。"其实她那意思就是"我怎么记不得?!"

祖父明白那话里意思,又说:"前年还更有趣,你一个人在河边等我,差点儿不知道回来,我还以为大鱼会吃掉你!"

提起旧事翠翠嗤的笑了。

"爷爷,你还以为大鱼会吃掉我?!是别人家说我,我告给你!你那天只是恨不得让城中的那个爷爷把装酒的葫芦吃掉!你这种记性!"

"我人老了,记性也坏透了。翠翠,现在你也人大了,一个人一定敢上城看船不怕鱼吃掉你了。"

"人大了就应当守船呢。"

"人老了才当守船。"

"人老了应当歇憩!"

"你爷爷还可以打老虎,人不老!"祖父说着,于是,把膀子弯曲起来,努力使筋肉在局束中显得又有力又年青,且说:"翠翠,你不信,你咬。"

翠翠睨着腰背微驼的祖父,不说什么话。远处有吹唢呐的声音,她知道那是什么事情,且知道唢呐方向。要祖父同她下了船,把船拉过家中那边岸旁去。为了想早早的看到那迎婚送亲的喜轿,翠翠还爬到屋后塔下去眺望。过不久,那一伙人来了,两个吹唢呐的,四个强壮乡下汉子,一顶空花轿,一个穿新衣的团总儿子模样的青年,另外还有两只羊;一个牵羊的孩子,一坛酒,一盒糍粑;一个担礼物的人。一伙人上了渡船后,翠翠同祖父也上了渡船,祖父拉船,翠翠却傍花轿站定,去欣赏每一个人的脸色与花轿上的流苏。拢岸后,团总儿子模样的人,从扣花抱肚里掏出了一个小红纸包封,递给老船夫。这是规矩,祖父再不能说不接收了。但得了钱祖父却说话了,问那个人,新娘是什么地方人,明白了,又问姓什么,明白了,又问多大年纪,一起皆弄明白了,吹唢呐的一上岸后又把唢呐呜呜喇喇吹起来,一行人便翻山走了。祖父同翠翠留在船上,感情仿佛皆追着那唢呐声音走去,走了很远的路方回到自己身边来。

祖父掂着那红纸包封的分量说:"翠翠,宋家堡子里新嫁娘只十五岁。"

翠翠明白祖父这句话的意思所在,不作理会,静静的把船拉动起来。

到了家边,翠翠跑还家中去取小小竹子做的双管唢哪,请祖父坐在船头吹《娘送女》曲子给她听,她却同黄狗躺到门前大岩石上荫处看天上的云。白日渐长,不知什么时节,祖父睡着了,翠翠同黄狗睡着了。

七

到了端午。祖父同翠翠在三天前业已预先约好,祖父守船,翠翠同黄狗过顺顺吊脚楼去看热闹。翠翠先不答应,后来答应了。但过了一天,翠翠又翻悔回来,以为要看两人去看,要守船两人守船。祖父明白那个意思,是翠翠玩心与爱心相战争的结果。为了祖父的牵绊,应当玩的也无法去玩,这不成!祖父含笑说:"翠翠,你这是为什么?说定了的又翻悔,同茶峒人平素品德不相称。我们应当说一是一,不许三心二意。我记性并不坏到这样子,把你答应了我的即刻忘掉!"祖父虽那么说,很显然的事,祖父对于翠翠的打算是同意的。但人太乖了,祖父有点愀然不乐了。见祖父不再说话,翠翠就说:"我走了,谁陪你?"

祖父说:"你走了,船陪我。"

翠翠把眉毛皱拢去苦笑着,"船陪你,嗨,嗨,船陪你。"

祖父心想:"你总有一天会要走的。"但不敢提这件事。祖父一时无话可说,于是走过屋后塔下小圃里去看葱,翠翠跟过去。

"爷爷,我决定不去,要去让船去,我替船陪你!"

"好,翠翠,你不去我去,我还得戴了朵红花,装老太婆去见识面!"

两人皆为这句话笑了许久。

祖父理葱,翠翠却摘了一根大葱吹着,有人在东岸喊过渡,

翠翠不让祖父占先,便忙着跑下去,跳上了渡船,援着横溪缆子拉船过溪去接人。一面拉船一面喊祖父:

"爷爷,你唱,你唱!"

祖父不唱,却只站在高岩上望翠翠,把手摇着,一句话不说。

祖父有点心事。

翠翠一天比一天大了,无意中提到什么时,会红脸了。时间在成长她,似乎正催促她,使她在另外一件事情上负点儿责。她欢喜看扑粉满脸的新嫁娘,欢喜说到关于新嫁娘的故事,欢喜把野花戴到头上去,还欢喜听人唱歌。茶峒人的歌声,缠绵处她已领略得出。她有时仿佛孤独了一点,爱坐在岩石上去,向天空一片云一颗星凝眸。祖父若问:"翠翠,想什么,"她便带着点儿害羞情绪,轻轻的说:"翠翠不想什么。"但在心里却同时又自问:"翠翠,你想什么?"同时自己也在心里答着:"我想的很远,很多。可是我不知想些什么!"她的确在想,又的确连自己也不知在想些什么。这女孩子身体既发育得很完全,在本身上因年龄自然而来的一件"奇事",也使她多了些思索。

祖父明白这类事情对于一个女子的影响,祖父心情也变了些。祖父是一个在自然里活了七十年的人,但在人事上的自然现象,就有了些不能安排处。因为翠翠的长成,使祖父记起了些旧事,从掩埋在一大堆时间里的故事中,重新找回了些东西。

翠翠的母亲,某一时节原同翠翠一个样子。眉毛长,眼睛大,皮肤红红的。也乖得使人怜爱——也懂在一些小处,使家中长辈快乐。也仿佛永远不会同家中这一个分开。但一点不幸来了,她认识了那个兵。这些事从老船夫说来谁也无罪过,只应

"天"去负责。翠翠的祖父口中不怨天,心却不能完全同意这种不幸的安排。到底还像年青人,说是放下了,也正是不能放下的莫可奈何容忍到的一件事!

并且那时还有个翠翠。如今假若翠翠又同妈妈一样,老船夫的年龄,还能把小雏儿再抚育下去吗?人愿意神却不同意!人太老了,应当休息了,凡是一个良善的乡下人,所应得到的劳苦与不幸,全得到了。假若另外高处有一个上帝,这上帝且有一双手支配一切,很明显的事,十分公道的办法,是应把祖父先收回去,再来让那个年青的在新的生活上得到应分接受那一分的。

可是祖父不那么想。他为翠翠担心。他有时便躺到门外岩石上,对着星子想他的心事。他以为死是应当快到了的,正因为翠翠人已长大了,证明自己也真正老了。无论如何,得让翠翠有个着落。翠翠既是她那可怜母亲交把他的,翠翠大了,他也得把翠翠交给一个人,他的事才算完结!交给谁?必需什么样的方不委屈她?

前几天顺顺家天保大老过溪时,同祖父谈话,这心直口快的青年人,第一句话就说:

"老伯伯,你翠翠长得真标致,再过两年,若我有闲空能留在茶峒照料事情,不必像老鸦到处飞,我一定每夜到这溪边来为翠翠唱歌。"

祖父用微笑奖励这种自白。一面把船拉动,一面把那双小眼睛瞅着大老。

于是大老又说:

"翠翠太娇了,我担心她只宜于听点茶峒人的歌声,不能作茶峒女子做媳妇的一切正经事。我要个能听我唱歌的情人,却更不能缺少个照料家务的媳妇。'又要马儿不吃草,又要马儿走得好,'唉,这两句话说是古人为我说的!"

祖父慢条斯理把船转了头,让船尾傍岸,就说:

"大老,也有这种事儿!你瞧着吧。"

那青年走去后,祖父温习着那些出于一个男子口中的真话,实在又愁又喜。翠翠若应当交把一个人,这个人是不是适宜于照料翠翠?当真交把了他,翠翠是不是愿意?

八

初五大清早落了点毛毛雨,上游且涨点了"龙船水",河水已作豆绿色。祖父上城买办过节的东西,戴了个棕粑叶"斗篷",携带了一个篮子,一个装酒的大葫芦,肩头上挂了个褡裢,其中放了一吊六百钱,就走了。因为是节日,这一天从小村小寨带了铜钱担了货物上城去办货掉货的极多,这些人起身也极早,故祖父走后,黄狗就伴同翠翠守船。翠翠头上戴了一个崭新的斗篷,把过渡人一蹚一蹚的送来送去。黄狗坐在船头,每当船拢岸时必先跳上岸边去衔绳头,引起每个过渡人的兴味。有些过渡乡下人也携了狗上城,照例如俗话说的,"狗离不得屋,"一离了自己的家,即或傍着主人,也变得非常老实了,到过渡时,翠翠的狗必走过去嗅嗅,从翠翠方面讨取了一个眼色,似乎明白翠翠的意思,就不敢有什么举动。直到上岸后,把拉绳子的事情作完,眼见到那只陌生的狗上小山去了,也必跟着追去。或者向狗主人轻轻吠着,或者逐着那陌生的狗,必得翠翠带点儿嗔恼的嚷着:"狗,狗,你狂什么? 还有事情做,你就跑呀!"于是这黄狗赶快跑回船上来,且依然满船闻嗅不已。翠翠说:"这算什么轻狂举动! 跟谁学得的! 还不好好蹲到那边去!"狗俨然极其懂事,便即刻到它自己原来地方去,只间或又想像起什么似的,轻轻的吠几声。

雨落个不止,溪面一片烟,翠翠在船上无事可作时,便算着老船夫的行程。她知道他这一去应到什么地方碰到什么人,谈些什么话,这一天城门边应当是些什么情形,河街上应当是些什么情形,"心中一本册",她完全如同眼见到的那么明明白白。她又知道祖父的脾气,一见城中相熟粮子上人物,不管是马夫火夫,总会把过节时应有的颂祝说出。这边说,"副爷,你过节吃饱喝饱!"那一个便也将说,"划船的,你吃饱喝饱!"这边若说着如上的话,那边人说,"有什么可以吃饱喝饱?四两肉,两碗酒,既不会饱也不会醉!"那么,祖父必很诚实邀请这熟人过碧溪岨喝个够量。倘若有人当时就想喝一口祖父葫芦中的酒,这老船夫也从不吝啬,必很快的就把葫芦递过去。酒喝过了,那兵营中人卷舌子舔着嘴唇,称赞酒好,于是又必被勒迫着喝第二口。酒在这种情形下少起来了,就又跑到原来铺上去,加满为止。翠翠且知道祖父还会到码头上去同刚拢岸一天两天的上水船水手谈谈话,问问下河的米价盐价,有时且弯着腰钻进那带有海带鱿鱼味,以及其他油味、醋味、柴烟味的船舱里去,水手们从小坛中抓出一把红枣,递给老船夫,过一阵,等到祖父回家被翠翠埋怨时,这红枣便成为祖父与翠翠和解的工具。祖父一到河街上,且一定有许多铺子上商人送他粽子与其他东西,作为对这个忠于职守的划船人一点敬意,祖父虽嚷着"我带了那么一大堆,回去会把老骨头压断",可是不管如何,这些东西多少总得领点情。走到卖肉案桌边去,他想"买肉"人家却不愿接钱,屠户若不接钱,他却宁可到另外一家去,决不想沾那点便宜。那屠户说,"爷爷,你为人那么硬算什么?又不是要你去做犁口耕田!"但不行,他以为这是血钱,不比别的事情,你不收钱他会把钱预先算好,猛的把钱掷到大而长的钱筒里去,攫了肉就走去的。卖肉的明白他那种性情,到他称肉时总选取最好的一处,且把分量故意加多,他见及时却将说:"喂喂,大老板,我不要你那些好处!腿上的肉是城里人炒鱿鱼肉丝用的肉,莫同我开玩笑!我要夹项肉,我要浓的糯的,我是个划船人,我要拿去炖胡萝卜喝酒的!"得了肉,把钱交过手时,自己先数一次,又嘱咐屠户再数,屠户却照例不理会他,把一手钱哗的向长竹筒口丢去,他于是简直是妩媚的微笑着走了。屠户与其他买肉人,见到他这种神气,必笑个不止。……

翠翠还知道祖父必到河街上顺顺家里去。

翠翠温习着两次过节两个日子所见所闻的一切,心中很快乐,好像目前有一个东西,同早间在床上闭了眼睛所看到那种捉摸不定的黄葵花一样,这东西仿佛很明朗的在眼前,却看不准,抓不住。

翠翠想:"白鸡关真出老虎吗?"她不知道为什么忽然想起白鸡关。

于是又想:"三十二个人摇六匹橹,上水走风时张起个大篷,一百幅白布拼成的一片东西,先在这样大船上过洞庭湖,多可笑……"她不明白洞庭湖有多大,也就从不见过这种大船,更可笑的,还是她自己也不知道为什么却想到这个问题!

一群过渡人来了,有担子,有跑差模样的人物,另外还有母女二人。母亲穿了新浆洗得硬朗的蓝布衣服,女孩子脸上涂着两饼红色,穿了新衣,上城到亲戚家中去拜节看龙船的。等待众人上船稳定后,翠翠一面望着那小女孩,一面把船拉过溪去。那小孩从翠翠估来年纪也将十岁了。神气却很娇,似乎从不能离开过母亲。脚下穿得是一双尖头新油过的钉鞋,上面沾污了些黄泥。裤子是那种翻紫的葱绿布做的。见翠翠尽是望她,她也便看着翠翠,眼睛光光的如同两粒水晶球。那母亲模样的妇人便问翠翠,年纪有几岁。翠翠笑着,不高兴答应,却反问小女孩今年几岁。听那母亲说十二岁时,翠翠忍不着笑了。那母女显然是财主人家的妻女,从神气上就可看出的。翠翠注视那女孩,发现了女孩子手上还戴得有一副麻花铰的银手镯,闪着白白的亮光,心中有点儿爱慕。船傍岸后,人陆续的上了岸,妇人从身上摸出一铜子,塞到翠翠手中,就走了,翠翠当时竟忘了祖父的规矩了,也不说道谢,也不把钱退还,只望着这一行人中那个女孩子身后发痴,一行人正将翻过小山时,翠翠忽又忙匆匆的追上去,在山头上把钱还给那妇人。那妇人说:"这是送你的!"翠翠不说什么,只微笑把头尽摇,且不等妇人来得及说第二句话,就很快的向自己渡船边跑去了。

到了渡船上,溪那边又有人喊过渡,翠翠把船又拉回去。第二次过渡是七个人,又有两个女孩子,也同样因为看龙船特意换了干净衣服,像貌却并不如何美观,因此使翠翠更不能忘记先前那一个。

今天过渡的人特别多,其中女孩子比平时更多,翠翠既在船上拉缆子摆渡,故见到什么好看的,极古怪的,人乖的,眼睛眶子红红的,莫不在记忆中留下个印象。无人过渡时,等着祖父祖父又不来,便尽只反复温习这些女孩子的神气。且轻轻的无所谓的唱着：

"白鸡关出老虎咬人，不咬别人，团总的小姐派第一。……大姐戴副金簪子，二姐戴副银钏子，只有我三妹莫得什么戴，耳朵上长年戴条豆芽菜。"

城中有人下乡的，在河街上一个酒店前面，曾见及那个撑渡船的老头子，把葫芦嘴推让给一个年青水手，请水手喝他新买的白烧酒，翠翠问及时，那城中人就告给她所见到的事情。翠翠笑祖父的慷慨不是时候，不是地方。过渡人走了，翠翠就在船上又轻轻的哼着巫师迎神的歌玩。

那首歌声音既极柔和，快乐中又微带忧，歌调末尾说：

"福禄绵绵是神恩，
和风和雨神好心，
好酒好饭当前陈，
肥猪肥羊火上烹！
…………
洪秀全，李鸿章，
你们在生是霸王，
杀人放火尽节全忠各有道，
今来坐席又何妨！
…………
慢慢吃，慢慢喝，
月白风清好过河！
醉时携手同归去，

我当为你再唱歌!"

唱完了这歌,翠翠觉得有一丝儿凄凉。她想起秋末还愿时田坪中的火燎同鼓角。

远处鼓声已起来了,她知道绘有朱红长线的龙船这时节已下河了,细雨还依然落个不止,溪面一片烟。

九

祖父回家时,大约已将近平常吃早饭时节了,肩上手上皆是东西,一上小山头便喊翠翠,要翠翠拉船过小溪来迎接他。翠翠眼看到多少人皆进了城,正在船上急得莫可奈何,听到祖父的声音,神旺了,锐声答着:"爷爷,爷爷,我来了!"老船夫从码头边上了渡船后,把肩上手上的东西皆搁到船头上,一面帮着翠翠拉船,一面向翠翠笑着,如同一个小孩子,神气充满了谦虚与羞怯。"你急坏了,是不是?"翠翠本应埋怨祖父的,但她却回答说:"爷爷,我知道你在河街上劝人喝酒,好玩得很。"翠翠还知道祖父极高兴到河街上去玩,但如此说来,将要使祖父害羞乱嚷了,故不提出。

翠翠把搁在船头的东西一一估记在眼里,不见了酒葫芦。翠翠嗤的笑了。

"爷爷,你倒大方,请副爷同船上人吃酒,连葫芦也吃到肚里去了!"

祖父笑着:

"那里,那里,我那葫芦被顺顺大哥,扣下了,他见我在河街上请人喝酒,就说:'喂,喂,摆渡的张横,这不成的。你不开糟坊,如何这样子。把你那个放下来,请我全喝了罢。'他当真那么说,请我全喝了罢。我把葫芦放下了。但我猜想他是同我闹着玩的。他家里还少热酒吗?翠翠,你说,……"

"爷爷,你以为人家真想喝你的酒,便是同你开玩笑吗?"

"那是怎么的?"

"你放心,人家一定因为你请客不是地方,故扣下你的葫芦,等等就会为你送来的,你还不明白,真是!——"

"唉,当真会是这样的!"

说着船已拢了岸,翠翠抢先为祖父搬东西,但结果却只拿了那尾鱼,那个花褡裢;褡裢中钱已用光了,却有一包白糖,一包小饼子。

两人刚把新买的东西搬运到家中,对溪就有人喊过渡,祖父要翠翠看着肉菜免得被野猫拖去,争着下溪去做事,一会儿,便同那个过渡人嚷着到家中来了。原来这人便是送酒葫芦的。只听到祖父说:"翠翠,你猜对了。人家当真把酒葫芦送来了!"

翠翠来不及向灶边走去,祖父同一个年纪青青的脸黑肩膊宽的人物,便进到屋里了。

翠翠同客人皆笑着,让祖父把话说下去。客人又望着翠翠笑,翠翠仿佛明白为什么被人望着,有点不好意思起来,走到灶边烧火去了。溪边又有人喊过渡。翠翠赶忙跑出门外船上去,把人渡过了溪。恰好又有人过溪。天虽落小雨,过渡人却分外多,一连三次。翠翠在船上一面作事一面想起祖父的趣处。不知怎的,从城里被人打发来送酒葫芦的,她觉得好像是个熟人。可是眼睛里像是熟人,却不明白在什么地方见过面。但也正像是不肯把这人想到某方面去,方猜不着这来人的身分。

祖父在岩坎上边喊:"翠翠,翠翠,你上来歇歇,陪陪客!"本来无人过渡便想上岸去烧火,但经祖父一喊,反而不上岸了。

来客问祖父"进不进城看船",老渡船夫就说"应当看守渡船"。两人又谈了些别的话。到后来客方言归正传:

"伯伯,你翠翠像个大人了,长得很好看!"

撑渡船的笑了。"口气同哥哥一样,倒爽快呢。"这样想着,却那么说:"二老,这地方配受人称赞的只有你,人家都说你好看!'八面山的豹子,地地溪的锦鸡,'全是特为颂扬你这个人好处的警句!"

"但是,这很不公平。"

"很公平的! 我听船上人说,你上次押船,船到三门下面白鸡关滩出了事,从急浪中你援救过三个人,你们在滩上过夜,被村子里女人见着了,人家在你棚子边唱歌一夜,是不是真事?"

"不是女人唱歌一夜,是狼嗥。那地方著名多狼,只想得机会吃我们!"

老船夫笑了,"那更妙! 人家说的话还是很对的。狼是只吃姑娘,吃小孩,吃标致青年,像我这种老骨头,它不会要的!"

那二老说:"伯伯,你到这里见过两万个日头,别人家全说我们这个地方风水好,出大人,不知为什么原因,如今还不出大人?"

"你是不是说风水好应出有大名头的人? 我以为这种人,不生在我们这个小地方,也不碍事。我们有聪明,正直,勇敢,耐劳的年青人,就够了。像你们父子兄弟,为本地也增光!"

"伯伯,你说得好,我也是那么想。地方不出坏人出好人,如伯伯那么样子,人虽老了,还硬朗得同棵楠木树一样,稳稳当当的活到这块地面,又正经,又大方,难得的咧。"

"我是老骨头了,还说什么。日头,雨水,走长路,挑分量沉重的担子,大吃大喝,挨饿受寒,自己分上的皆拿过了,不久就会躺到这冰凉土地上喂蛆吃的。这世界有得是你们小伙子分上的一切,好好的干,日头不辜负你们,你们也莫辜负日头!"

"伯伯,看你那么勤快,我们年青人不敢辜负日头!"

说了一阵,二老想走了,老船夫便站到门口去喊叫翠翠,要她到屋里来烧水煮饭,掉换他自己看船。翠翠不肯上岸,客人却已下船了,翠翠把船拉动时,祖父故意装作埋怨神气说:

"翠翠,你不上来,难道要我在家里做媳妇煮饭吗?"

翠翠斜睨了客人一眼,见客人正盯着她,便把脸背过去,抿着嘴儿,很自负的拉着那条横缆,船慢慢拉过对岸了。客人站在船头同翠翠说话:

"翠翠,吃了饭,同你爷爷去看划船吧?"

翠翠不好意思不说话,便说:"爷爷说不去,去了无人守这个船!"

"你呢?"

"爷爷不去我也不去。"

"你也守船吗?"

"我陪我爷爷。"

"我要一个人来替你们守渡船,好不好?"

砰的一下船头已撞到岸边土坎上了,船拢岸了。二老向岸上一跃,站在岸上说:

"翠翠,难为你!……我回去就要人来替你们,你们快吃饭,一同到我家里去看船,今天人多咧。"

翠翠不明白这陌生人的好意,不懂得为甚么一定要到他家中去看船,抿着小嘴笑笑,就把船拉回去了。到了家中一边溪岸后,只见那个人还正在对溪小山上。翠翠回转家中,到灶口边去烧火,一面把带点湿气的草塞进灶里去,一面向正在把客人带回的那一葫芦酒试着的祖父询问:

"爷爷,那人说回去就要人来替你,要我们两人去看船,你去不去?"

"你高兴去吗?"

"两人同去我高兴。那个人很好,我像认得他,他是谁?"

祖父心想:"这倒对了,人家也觉得你好!"祖父笑着说:"翠翠,你不记得你以前在大河边时,有个人说要让大鱼咬你吗?"

翠翠明白了,却仍然装不明白问:"他是谁?"

"顺顺船总家的二老,他认识你你不认识他啊!"他抿了一口酒,像赞美这个酒又像赞美另一个人,低低的说:"好的,妙的,这是难得的。"

过渡的人在门外坎下叫唤着,老祖父口中还是"好的,妙的,……"匆匆的下船做事去了。

十

吃饭时隔溪有人喊过渡,翠翠抢着下船,到了那边,方知道原来过渡的人,便是船总顺顺家派来作替手的水手,一见翠翠就说道:"二老要你们一吃了饭就去,他已下河了。"见了祖父又说:"二老要你们吃了饭就去,他已下河了。"

张耳听听,便可听出远处鼓声已较密,从鼓声里使人想到那些极狭的船,在长潭中笔直前进时,水面上画着如何美丽的长长的线路!

新来的人茶也不吃,便在船头站妥了,翠翠同祖父吃饭时,邀他喝一杯,只是摇头推辞。祖父说:

"翠翠,我不去,你同小狗去好不好?"

"要不去我也不想去!"

"我去呢?"

"我本来也不想去,但我愿意陪你去。"

祖父微笑着,"翠翠,翠翠,你陪我去,好的,你陪我去!"

……

祖父同翠翠到城里大河边时河边早站满了人。细雨已经停止,地面还是湿湿的,祖父要翠翠过河街船总家吊脚楼上去看船,翠翠却以为站在河边较好。两人虽在河边站定,不多久,顺顺便派人把他们请去了。吊脚楼上也有了很多的人。早上过渡时,为翠翠所注意的乡绅妻女,受顺顺的款待,占据了最好窗口,一见到翠翠,那女孩子就说:"你来,你来!"翠翠带着点儿羞怯走去,坐在他们身边后,祖父便走开了。

祖父并不看龙船竞渡,却为一个熟人拉到河上游半里路远近,过一个新碾坊看水碾子去了。老船夫对于水碾子原来就极有兴味的。倚山滨水来一座小小茅屋,屋中有那么一个圆石片子,固定在一个横轴上,斜斜的搁在石槽里,当水闸门抽去时,流水冲激地下的暗轮,上面的石片便飞转起来。作主人的管理这个东西,把毛谷倒进石槽中去,把碾好的米弄出放在屋角隅筛子里,再筛去糠灰。地下全是糠灰,自己头上包着块白布帕子,头上肩上也全是糠灰。天气好时就在碾坊前后隙地里种些萝卜青菜大蒜四季葱。水沟坏了,就把裤子脱去,到河里去堆砌石头修理泄水处。管理一个碾坊比管理一只渡船有趣味,一看也就明白了。但一个撑渡船的想有座碾坊,那是不可能的妄想,凡碾坊照例是属于当地小财主的。那熟人把老船夫带到碾坊边时,就告给他这碾坊业主为谁。两人一面各处观察一面说话。

那熟人用脚踢着新碾盘说:

"中寨人自己坐在高山上,却欢喜来到这大河边置产业;这是中寨王团总的,大钱七百吊!"

老船夫转着那双小眼睛,很羡慕的去看一切,把头点着,且对于碾坊中物件一一加以很得体的批评。后来两人就坐到那还未完功的白木条凳上去,熟人又说到这碾坊的将来,似乎是团总女儿陪嫁的妆奁。那人于是想起了翠翠,且记起大老托过他的事情来了,便问道:

"伯伯,你翠翠今年十几岁?"

"十四岁。"老船夫说过这句话后,便接着在心中计算过去的年月。

"十四岁多能干!将来谁得她真有福气!"

"有什么福气?又无碾坊陪嫁,一个光人。"

"别说一个光人,两只手敌得五座碾坊!洛阳桥也是鲁班两只手造的!……"这样那样的说着,那人笑了。

老船夫也笑了,心想:"翠翠将来也去造洛阳桥吧,新鲜事!"

那人过了一会又说:

"茶峒人年青男子眼睛光,选媳妇也极在行。伯伯,你若不多我的心时,我就说个笑话给你听。"

老船夫问:"是什么笑话。"

那人说:"伯伯你若不多心时,这笑话也可以当真话去听咧。"

接着说的下去就是顺顺家大老如何在人家赞美翠翠,且如何托他来探听老船夫口气那么一件事。末了同老船夫来转述另一回会话的情形。"我问他:'大老,大老,你是说真话还是说笑话?'他就说:'你为我去探听探听那老的,我欢喜翠翠,想要翠翠,是真话呀!'我说:'我这口钝得很,说出了口老的一巴掌打来呢?'他说:'你怕打,你先当笑话去说,不会挨打的!'所以,伯伯,我就把这件真事情当笑话来同你说了。你试想想,他初九从川东回来见我时,我应当如何回答他?"

老船夫记前一次大老亲口所说的话,知道大老的意思很真,且知道顺顺也欢喜翠翠,故心里很高兴。但这件事照规矩得这个人带封点心亲自到碧溪岨家中去说,方见得慎重其事,老船夫就说:"等他来时你说:老家伙听过了笑话后,自己也说了个笑话,他说:'车是车路,马是马路,大老走的是车路,应当由大老爹爹作主,请了媒人来同我说,走的是马路,应当自己作主,站在渡口对溪高崖上,为翠翠唱三年六个月的歌。'"

"伯伯,若唱三年六个月的歌动得翠翠的心,我赶明天就自己来唱歌了。"

"你以为翠翠肯了我还会不肯吗?"

"不咧,人家以为你肯了翠翠便无有不肯呢。"

"不能那么说,这是她的事呵!"

"便是她的事,人家也仍然以为在日头月光下唱三年六个月的歌,还不如得伯伯说一句话好!"

"那么,我说,我们就这样办,等他从川东回来时要他同顺顺去说明白,我呢,我也先问问翠翠;若以为听了三年六个月的歌再跟那唱歌人走去有意思些,我就请你劝大老走他那弯弯曲曲的马路。"

"那好的。见了他我就说:'笑话吗,我已说过了,真话呢,看你自己的命运去了。'当真看他的命运去了,不过我明白他的命运,还是在你老人家手上捏着的。"

"不是那么说!我若捏得定这件事,我马上就答应了。"

这里两人把话说妥后,就过另一处看一只顺顺新近买来的三舱船去了,河街上顺顺吊脚楼方面,却有了如下事情。

翠翠虽被那乡绅女人喊到身边去坐,地位非常之好,从窗口望出去,河中一切朗然在望,然而心中可不安宁。挤在其他几个窗口看热闹的人，似乎皆常常把眼光从河中景物挪到这边几个人身上来。还有些人故意装成有别的事情样子，从楼这边走过那一边，事实上却全为得是好仔细看看翠翠这方面几个人。翠翠心中老不自在，只想借故跑去。一会儿河下的炮声响了，几只从对河取齐的船只直向这方面划来，先是四条船皆相去不远，如四枝箭在水面射着，到了一半，已有两只船占先了些，再过一会子，那两只船中间便又有一只超过了并进的船只而前，看看船到了税局门前时，第二次炮声又响，那船便胜利了。这时节胜利的已判明属于河街人所划的一只，各处便皆响着庆祝的小边炮。那船于是沿了河街吊脚楼划去，鼓声蓬蓬作响，河边与吊脚楼各处，皆呐喊表示快乐的祝贺。翠翠眼见在船头站定摇动小旗指挥进退头上包着红布的那个年青人，便是送酒葫芦到碧溪岨的二老，心中便印着三年前的旧事，"大鱼吃掉你！""吃掉不吃掉，不用你管！""好的，我不管！""狗，狗，你也看人叫！"想起狗，翠翠才注意到自己身边那只黄狗，已不知跑到什么地方去，便离了坐位，在楼上各处找寻她的黄狗，把船头人忘掉了。

她一面在人丛里找寻黄狗，一面听人家正说些什么话。

一个大脸妇人问："是谁家的人，坐到顺顺家当中窗口前的那块好地方？"

一个妇人就说："是王乡绅大姑娘，今天说是自己来看船，其实来看人，同时也让人看！人家有本领坐那好地方！"

"看谁人，被谁看？"

"那乡绅想同顺顺成为一对亲家呢。"

"是大老，还是二老呢？"

"是二老呀,等等你们看这岳云,就会上楼来看他丈母娘的。"

另有一个便插嘴说:"事弄同了,好得很呢,人家有一座崭新碾坊陪嫁,比十个长年还好一些。"

有人问:"二老怎么样?"

有人就轻轻的说:"二老已说过了,这不必看,第一件事我就不想作那个碾坊的主人!"

"你听岳云二老说吗?"

"我听别人说的。还说二老欢喜一个撑渡船的。"

"他不要碾坊,要渡船吗?"

"那谁知道。横顺人是'牛肉炒韭菜,只看各人心里爱什么就吃什么。'渡船不会不如碾坊!"

当时各人眼睛对着河里,口中说着这些话,却无一个人回头来注意到身后边的翠翠。

翠翠脸发火烧走到另外一处去,又听有两个人提及这件事。且说:"一切早安排好了,只需要二老一句话。"又说:"只看二老今天那么一股劲儿,就可以猜想得出这劲儿是岸上一个黄花姑娘给他的!"

谁是激动二老的黄花姑娘?

翠翠人矮了些,在人背后已望不见河中情形,只听到敲鼓声渐近渐激越,岸上呐喊声自远而近,便知道二老的船正经过楼下。楼上人也大喊着,杂夹叫着二老的名字,乡绅太太那方面,且有人放小百子边炮。忽然又用另外一种惊讶声音喊着,且同时便见许多人出门向河下走去。翠翠不知出了什么事,心中有点迷乱,正不知走回原来座位边去好,还是依然站在人背后好。只见那边正有人拿了个托盘,装了一大盘粽子同细点心,在请乡绅太太小姐用点心,不好意思再过那边去,便想也挤出大门外到河下去看看。从河街一个盐店旁边甬道下河时,正在一排吊脚楼的梁柱间,迎面碰头一群人,拥着那个头包红布的二老来了。原来二老因失足落水,已从水中爬起来了。路太窄了一些,翠翠虽闪过一旁,仍然得肘子触着肘子。二老一见翠翠就说:

"翠翠,你来了,爷爷也来了吗?"

翠翠脸还发着烧不便作声,心想:"黄狗跑到什么地方去了呢?"

二老又说:

"怎不到我家楼上去看呢? 我已要人替你弄了个好位子。"

翠翠心想:"碾坊陪嫁,希奇事情咧。"

二老不能逼迫翠翠回去,到后便各自走开了。翠翠到河下时,心中充满了一种说不分明的东西。是烦恼吧,不是! 是忧愁吧,不是! 是快乐吧,不,有什么事情使这个女孩子快乐呢? 是生气了吧,——是的,她当真仿佛觉得自己是在生一个人的气。河边人太多了,码头边浅水中,船桅船篷上,以至于吊脚楼的柱子上,也莫不有人。翠翠自言自语说:"人那么多,有什么可看的?"先还以为可以在什么船上发现她的祖父,但搜寻了一阵,各处却无祖父的影子。她挤到水边去,一眼便看到了自己家中那条黄狗,同顺顺家一个长年,正在去岸数丈一只空船上看热闹。翠翠锐声叫喊,黄狗张着耳叶昂头四面一望,便猛的扑下水中,向翠翠方面泅来了。到了身边时狗身上已全是水,把水抖着且跳跃不已,翠翠便说"得了,你又不翻船,谁要你落水呢?"

翠翠同黄狗找祖父去,在河街上一个木行前恰好遇着了祖父。

老船夫说:"翠翠,我看了个好碾坊,碾盘是新的,水车是新的,屋上稻草也是新的!水坝管着一绺水,抽水闸时水车转得如蛇螺。"

翠翠带着点做作问:"是谁的?"

"是谁的?住在山上的王团总的。我听人说是那中寨人为女儿作嫁妆的东西,好不阔气,包工就是七百吊大制钱,还不管风车,不管家什!"

"谁讨那个人家的女儿?"

祖父望着翠翠干笑着,"翠翠,大鱼咬你,大鱼咬你。"

翠翠因为对于这件事心中有了个数目,便仍然装着全不明白,只询问祖父,"谁个人得到那个碾坊?"

"岳云二老!"祖父说了又自言自语的说:"有人羡慕二老得到碾坊,也有人羡慕碾坊得到二老!"

"谁羡慕呢,祖父?"

"我羡慕。"祖父说着便又笑了。

翠翠说:"爷爷,你醉了。"

"可是二老还称赞你长得美呢。"

翠翠:"爷爷,你疯了。"

祖父说:"爷爷不醉不疯,……去,我们看他们放鸭子去。"他还想说,"二老捉得鸭子,一定又会送给我们的。"话不及说,二老来了,站在翠翠面前笑着。

于是三个人回到吊脚楼上去。

十一

有人带了礼物到碧溪岨,掌水码头的顺顺,当真请了媒人为儿子向渡船的认亲戚来了。老船夫慌慌张张把这个人渡过溪口,一同到家里去。翠翠正在屋门前剥豌豆,来了客并不如何注意。但一听到客人进门说"贺喜贺喜",心中有事,不敢再蹲在屋门边,就装作追赶菜园地的鸡,拿了竹响篙唰唰的摇着,一面口中轻轻喝着,向屋后白塔跑去了。

来人说了些闲话,言归正传转述到顺顺的意见时,老船夫不知如何回答,只是很惊惶的搓着两只茧结的大手,且神气中则只像在说:"那好的,那妙的,"其实这老头子却不曾说过一句话。

来人把话说完后,就问作祖父的意见怎么样。老船夫笑着把头点着说:"大老想走车路,这个很好。可是我得问问翠翠,看她自己主张怎么样。"来人被打发走后,祖父在船头叫翠翠下河边来说话。

翠翠拿了一簸箕豌豆下到溪边,上了船,娇娇的问他的祖父:"爷爷,你有什么事?"祖父笑着不说什么,只看翠翠。看了许久。翠翠坐到船头,低下头去剥豌豆,耳中听着远处竹篁里的黄鸟叫。翠翠想:"日子长咧,爷爷话也长了。"翠翠心跳着。

过了一会祖父说:"翠翠,翠翠,先前那个人来作什么,你知道不知道。"

翠翠说:"我不知道,"说后脸同颈脖全红了。

祖父看看那种情景,明白翠翠的心事了,便把眼睛向远处望去,在空雾里望见了十五年前翠翠的母亲,老船夫心中异常柔和了。轻轻的自言自语说:"每一只船总要有个码头,每一只雀儿得有个窠。"他同时想起那个可怜的母亲过去的事情,心中有了一点隐痛,却勉强笑着。

翠翠呢,正从山中黄鸟杜鹃叫声里,以及伐竹人嗦嗦一下一下的砍伐竹声音里,想到许多事情。老虎咬人的故事,与人对骂时四句头的山歌,造纸作坊中的方坑,溶铁炉里泄出的铁汁,耳朵听来的,眼睛看到的,她似乎皆去温习它。她其所以这样作,又似乎全只为了希望忘掉眼前的一桩事而起。但她实在有点误会了。

祖父说:"翠翠,船总顺顺家里请人来为大老作媒,讨你作媳妇,问我愿不愿。我呢,人老了。再过三年两载会过去的,我没有不愿的事情。这是你自己的事,你自己想想,自己来说。愿意,就成了;不愿意,也好。"

翠翠弄明白了,人来做媒的大老,不曾把头抬起,心忡忡的跳着,脸烧得厉害,仍然剥她的豌豆,且随手把空豆荚抛到水中去,望着它们在流水中从从容容的流去,自己也俨然从容了许多。

见翠翠总不作声,祖父于是笑了,且说:"翠翠,想几天不碍事。洛阳桥并不是一个晚上弄得好的,要日子咧。前次那人来的就向我说到这件事,我已经就告过他:车是车路,马是马路,想爸爸作主,请媒人正正经经来说是车路;要自己作主,站到对溪高崖竹林里为你唱三年六个月的歌是马路,——你若欢喜走马路,我相信人家会为你在日头下唱热情的歌,在月光下唱温柔的歌,一直唱到吐血喉咙烂!"

翠翠不作声,心中只想哭,可是也无理由可哭。祖父是再说下去,便引到死过了的母亲来了。说了一阵,沉默了。翠翠悄悄把头撂过一些,祖父眼中业已酿了一汪眼泪。翠翠又惊又怕怯生生的说:"爷爷,你怎么的?"祖父不作声,用大手掌擦着眼睛,小孩子似的咕咕笑着,跳上岸跑回家中去了。

翠翠想赶去却不赶去。

雨后放晴的天气,日头炙到人肩上背上已有了点儿力量。溪边芦苇水杨柳,菜园中菜蔬,莫不繁荣滋茂,带着一分有野性的生气。草丛里绿色蚱蜢各处飞着,翅膀搏动空气时皆习习作声。枝头新蝉声音已渐渐宏大。两山深翠逼人竹篁中,有黄鸟与竹雀杜鹃鸣叫。翠翠感觉着,望着,听着,同时也思索着:

"爷爷今年七十岁……三年六个月的歌——谁送那只白鸭子呢?……得碾子的好运气,碾子得谁更是好运气?……"

痴着,忽地站起,半簸箕豌豆便倾倒到水中去了。伸手把那簸箕从水中捞起时,隔溪有人喊过渡。

十二

翠翠第二天第二次在白塔下菜园地里,被祖父询问到自己主张时,仍然心儿憧憧的跳着,把头低下不作理会,只顾用手去掐葱。祖父笑着,心想:"还是等等看,再说下去这一坪葱会全掐掉了。"同时似乎又觉得这其间有点古怪处,不好再说下去,便自己按捺到言语,用一个做作的笑话,把问题引到另外一件事情上去了。

天气渐渐的越来越热了。近六月时,天气热了些,老船夫把一个满是灰尘的黑缸子,从屋角隅里搬出,自己还匀出闲工夫,拼了几方木板,作成一个圆盖,锯木头作成一个架子,且削刮了个大竹筒,用葛藤系定,放在缸边作为舀茶的家具。自从这茶缸移到屋门溪边后,每早上翠翠就烧一大锅开水,倒进那缸子里去。有时缸里加些茶叶,有时却只放下一些用火烧焦的锅巴,乘那东西还燃着时便抛进缸里去。老船夫且照例准备了些发痧肚痛治疱疮痒子的草根木皮,把这些药搁在家中当眼处,一见过渡人神气不对,就忙匆匆的把药取来,善意的勒迫这过路人使用他的药方,且告人这许多救急丹方的来源,(这些丹方自然全是他从城中军医同巫师学来的。)他终日裸着两只膀子,在溪中方头船上站定,头上还常常是光光的,一头短短白发,在日光下如银子。翠翠依然是个快乐人,屋前屋后跑着唱着,不走动时就坐在门前高崖树荫下,吹小竹管儿玩。爷爷仿佛把大老提婚的事早已忘掉,翠翠自然也早忘掉这件事情了。

可是那做媒的不久又来探口气了,依然是同从前一样,祖父把事情成否全推到翠翠身上去,打发了媒人上路。回头又同翠翠谈了一次,也依然不得结果。

老船夫猜不透这事情在这什么方面有个疙瘩,解除不去,夜里躺在床上便常常陷入一种沉思里去,隐隐约约体会到一件事情,便是……想到了这里时,他笑了,为了害怕而勉强笑了。其实他有点忧愁,因为他忽然觉得翠翠一切全像那个母亲,而且隐隐约约便感觉到这母女二人共通的命运。一堆过去的事情蜂拥而来,不能再睡下去了,一个人便跑出门外,到那临溪高崖上去,望天上的星晨,听河边纺织娘以及一切虫类如雨的声音,许久许久还不睡觉。

这件事翠翠是毫不注意的,这小女孩子日里尽管玩着,工作着,也同时为一些很神秘的东西驰骋她那颗心,但一到夜里,却甜甜的睡眠了。

不过一切皆得在一份时间中变化。这一家安静平凡的生活,也因了一堆接连而来的日子,在人事上把那安静空气完全打破了。

船总顺顺家中一方面,则天保大老的事已被二老知道了,傩送二老同时也让他哥哥知道了弟弟的心事。这一对难兄难弟原来皆爱上了那个撑渡船的外孙女。这事情在茶峒人并不希奇,茶峒人的俗话说:"火是各处可烧的,水是各处可流的,日月是各处可照的,爱情是各处可到的。"有钱船总儿子,爱上一个弄渡船的穷人家女儿,不能成为希罕的新闻,有一点困难处,只是这两兄弟到了谁应取得这个女人作媳妇时,是不是也还得照茶峒人规矩,来一次流血的挣扎?

兄弟两人在这方面是不至于动刀的,但也不作兴有"情人奉让"如大都市懦怯男子爱与仇对面时作出的可笑行为。

那哥哥同弟弟在河上游一个造船的地方看他家中那一只新船,在新船旁把一切心事全告给了弟弟,且附带说明,这点爱还是两年前植下根基的。弟弟微笑着,把话听下去。两人从造船处沿了河岸又走到王乡绅新碾坊去,那大哥就说:

"二老,你倒好,有座碾坊,我呢,若把事情弄好了,我应当划渡船了。我欢喜这个事情,我还想把碧溪岨两个山头买过来在界线上种大南竹,围着这一条小溪作为我的寨子!"

那二老仍然的听着,把手中拿的一把弯月形镰刀随意斫削路旁的草木,到了碾坊时,却站住了向他哥哥说:

"大老,你信不信这女子早已有了个人?"

"我相信。"

"大老,你信不信这碾坊将来归我?"

"我不信。"

两人进了碾坊。

二老说:"你不必——大老,我再问你假若我不想得这座碾坊,却打量要那只渡船,而且这念头还三年前的事你信不信呢?"

那大哥真着了一惊,望了一下坐在碾盘横轴上的傩送二老,知道二老不是说谎,于是站近了一点,伸手在二老肩上拍打了一下,且想把二老拉下来。他明白了这件事,他笑了。他说,"我相信的,你说的是真话!"

二老把眼睛望着他的哥哥,很诚实的说:

造 船

"大老,相信我,这是真事。我早就那么打算到了。家中不答应,那边若答应了,我当真预备去弄渡船的!——你告我,你呢?"

"爸爸已听了我的话,为我要城里的杨马兵做保山,向划渡船说亲去了!"大老说到这个求亲手续时,好像知道二老要笑他,又解释要保山去的用意,只是"因为老的说车有车路,马有马路,我就走了车路。"

"结果呢?"

"得不到什么结果。"

"马路呢?"

"马路呢,那老的说若走马路,得在碧溪岨对溪高崖上唱三年六个月的歌。"

"这并不是个坏主张!"

"是呀,一个结巴人话说不出还唱得出。可是这件事轮不到我了,我不是竹雀,不会唱歌。鬼知道那老的存心是要把孙女儿嫁个会唱歌的水车,还是预备规规矩矩嫁个人!"

"那你怎么样?"

"我想告那老的,要他说句实在话。只一句话。不成,我跟船下桃源去了;成呢,便是要我撑渡船,我也答应了他。"

"唱歌呢?"

"这是你的拿手好戏,你要去做竹雀你就去罢,我不会捡马粪塞你嘴巴的。"

二老看到哥哥那种样子,便知道为这件事哥哥感到的是一种如何烦恼了。他明白他哥哥的性情,代表了茶峒人粗卤爽直一面,弄得好,掏出心子来给人也很慷慨作去,弄不好,亲舅舅也必一是一二是二。大老何尝不想在车路上失败时走马路；但他一听到二老的坦白陈述后，他就知道马路只二老有分，他自己的事不能提了。因此他有点气恼，有点愤慨，自然是无从掩饰的。

二老想出了个主意，就是两兄弟月夜里同过碧溪岨去唱歌，莫让人知道是弟兄两个，两人轮流唱下去，谁得到回答，谁便继续用那张唱歌胜利的嘴唇，服侍那划渡船的外孙女。大老不善于唱歌，轮到大老时也仍然由二老代替。两人凭命运来决定自己的幸福，这么办可说是极公平了。提议时，那大老还以为他自己不会唱，也不想请二老替他作竹雀。但二老那种诗人性格，却使他很固持的要哥哥实行这个办法。二老说必需这样作，一切方公平一点。

大老把弟弟提议想想，作了一个苦笑。"×娘的，自己不是竹雀，还请老弟做竹雀？好，就是这样子，我们各人轮流唱，我也不要你帮忙，一切我自己来吧。树林子里的猫头鹰，声音不动听，要老婆时，也仍然是自己叫下去，不请人帮忙的！"

两人把事情说妥当后，算算日子，今天十四，明天十五，后天十六，接连而来的三个日子，正是有大月亮天气。气候既到了中夏，半夜里不冷不热，穿了白家机布汗褂，到那些月光照及的高崖上去，遵照当地的习惯，很诚实与坦白去为一个"初生之犊"的黄花女唱歌。露水降了，歌声涩了，到应当回家了时，就趁残月赶回家去。或过那些熟识的整夜工作不息的碾坊里去，躺到温暖的谷仓里小睡，等候天明。一切安排皆极其自然，结果是什么，两人虽不明白，但也看得极其自然，两人便决定了从当夜起始，来作这种为当地习惯所认可的竞争。

十三

黄昏来时翠翠坐在家中屋后白塔下,看天空为夕阳烘成桃花色的薄云。十四中寨逢场,城中生意人过中寨收买山货的很多,过渡人也特别多,祖父在溪中渡船上,忙个不息。天快夜了,别的雀子皆似乎在休息了,只杜鹃叫个不息。石头泥土为白日晒了一整天,草木为白日晒了一整天,到这时节皆放散一种热气。空气中有泥土气味,有草木气味,且有甲虫类气味。翠翠看着天上的红云,听着渡口飘乡生意人的杂乱声音,心中有些儿薄薄的凄凉。

黄昏照样的温柔,美丽,平静。但一个人若体念到这个当前一切时,也就照样的在这黄昏中会有点儿薄薄的凄凉。于是,这日子成为痛苦的东西了。翠翠觉得好像缺少了什么。好像眼见到这个日子过去了,想在一件新的人事上攀住它,但不成。好像生活太平凡了,忍受不住。

"我要坐船下桃源县过洞庭湖,让爷爷满城打锣去叫我,点了灯笼火把去找我。"

她便同祖父故意生气似的,很放肆的去想到这样一件事,她且想像祖父用各种方法寻觅她皆无结果,到后如何躺在渡船上。

"人家喊,'过渡,过渡,老伯伯,你怎么的!''怎么的!翠翠走了,下桃源县了!''那你怎的?''怎么的吗?拿了把刀,放在包袱里,搭下水船去杀了她!'……"

翠翠仿佛听着这种对话,吓怕起来了,一面锐声喊着她的祖父,一面从坎上跑向溪边渡口去。见到了祖父正把船拉在溪中心,船上人嗫嗫说着话,小小心子还依然跳跃不已。

"爷爷,爷爷,你拉回来呀!"

那老船夫不明白她的意思,还以为是翠翠要为他代劳了,就说:

"翠翠,等一等,我就回来!"

"你不拉回来了吗?"

"我就回来!"

翠翠坐在溪边,望着溪面为暮色所笼罩的一切,且望到那只渡船上一群过渡人,其中有个吸旱烟的打着火镰吸烟,且把烟杆在船边剥剥的敲着烟灰,忽然哭起来了。

祖父把船拉回来时,见翠翠痴痴的坐在岸边,问她是什么事,翠翠不作声。祖父要她去烧火煮饭,想了一会儿,觉得自己哭得可笑,一个人便回到屋中去。坐在黑黝黝的灶边把火烧燃后,她又走到门外高崖上去,喊叫她的祖父,要他回家里来,在职务上毫不儿戏的老船夫,因为明白过渡人皆是赶回城中吃晚饭的人,来一个就渡一个,不便要人站在那岸边呆等,故不上岸来。只站在船头告翠翠,且让他做点事,把人渡完事后,就会回家里来吃饭。

翠翠第二次请求祖父祖父不理会,她坐在悬崖上,很觉得悲伤。

天夜了,有一匹大萤火虫尾上闪着蓝光,很迅速的从翠翠身旁飞过去,翠翠想,"看你飞得多远!"便把眼睛随着那萤火虫的明光追去。杜鹃又叫了。

"爷爷,为什么不上来?我要你!"

在船上的祖父听到这种带着娇有点儿埋怨的声音,一面粗声粗气的答道:"翠翠,我就来,我就来!"一面心中却自言自语:"翠翠,爷爷不在了,你将怎么样?"

老船夫回到家中时,见家中还黑黝黝的,只灶间有火光,见翠翠坐在灶边矮条凳上,用手蒙着眼睛。

走过去才晓得翠翠已哭了许久。祖父一个下半天来,皆弯着个腰在船上拉来拉去,歇歇时手也酸了,腰也酸了,照规矩,一到家里就会嗅到锅中所焖瓜菜的味道,且可见到翠翠安排晚饭在灯光下跑来跑去的影子。

祖父说:"翠翠,我来慢了,你就哭,这还成吗?我死了呢?"

翠翠不作声。

祖父又说:"不许哭,做一个大人,不管有什么事皆不许哭,要硬扎一点,结实一点,方配活到这块土地上!"

翠翠把手从眼睛边移开,靠近了祖父身边去,"我不哭了。"

两人作饭时,祖父为翠翠说到一些有趣味的故事。因此提到了死去了的翠翠的母亲。两人在豆油灯下把饭吃过后,老船夫因为工作疲倦,喝了半碗白酒,故饭后兴致极好,又同翠翠到门外高崖上月光下去说故事。说了些那个可怜母亲的乖巧处,同时且说到那可怜母亲性格强硬处,使翠翠听来神往倾心。

翠翠抱膝坐在月光下,傍着祖父身边,问了许多关于那个可怜母亲的故事。间或吁一口气,似乎心中压上了些分量沉重的东西,想挪移得远一点,才吁着这种气,可是却无从把东西挪开。

月光如银子,无处不可照及,山上篁竹在月光下皆成为黑色。身边虫声繁密如落雨。间或不知道从什么地方,忽然会有一只草莺"落落落落嘘!"啭着她的喉咙,不久之间,这小鸟儿又好像明白这是半夜,便仍然闭着那小小眼儿安睡了。

祖父夜来兴致很好,为翠翠把故事说下去,就提到了本城人二十年前唱歌的风气,如何驰名于川黔边地。翠翠的父亲,便是唱歌的第一手,能用各种比喻解释爱与憎的结子,这些事也说到了。翠翠母亲如何爱唱歌,且如何同父亲在未认识以前在白日里对歌,一个在半山上竹篁里砍竹子,一个在溪面渡船上拉船,这些事也说到了。

翠翠问:"后来怎么样?"

祖父说:"后来的事长得很,最重要的事情,就是这种歌唱出了你。"

十四

老船夫做事累了睡了,翠翠哭倦了也睡了。翠翠不能忘记祖父所说的事情,梦中灵魂为一种美妙歌声浮起来了,仿佛轻轻的各处飘着,上了白塔,下了菜园,到了船上,又复飞窜过悬崖半腰——去作什么呢?摘虎耳草!白日里拉船时,她仰头望着崖上那些肥大虎耳草已极熟习。

一切皆像是祖父说的故事,翠翠只迷迷胡胡的躺在粗麻布帐子里草荐上,以为这梦做得顶美顶甜。祖父却在床上醒着张起个耳朵听对溪高崖上大唱了半夜的歌。他知道那是谁唱的,他知道是河街上天保大老走马路的第一着,又忧愁又快乐的听下去。翠翠因为日里哭倦了,睡得正好,他就不去惊动她。

第二天,天一亮翠翠就同祖父起身了,用溪水洗了脸,把早上说梦的忌讳去掉了,翠翠赶忙同祖父去说昨晚上所梦的事情。

"爷爷,你说唱歌,我昨天就在梦里听到一种歌声,又软又缠绵,我像跟了这声音各处飞,飞到对溪悬崖半腰,摘了一大把虎耳草,得到了虎耳草,我可不知道把这个东西交给谁去了。我睡得真好,梦的真有趣!"

祖父温和悲悯的笑着,并不告给翠翠昨晚上的事实。

祖父心里想:"做梦一辈子更好,还有人在梦里作宰相咧。"

昨晚上唱歌的,老船夫还以为是天保大老,日来便要翠翠守

船,借故到城里去送药,在河街见到了大老,就一把拉住那小伙子,很快乐的说:

"大老,你这个人,又走车路又走马路,是怎样一个狡滑东西!"

但老船夫却作错了一件事情,把昨晚唱歌人"张冠李戴"了。这两弟兄昨晚上同时到碧溪岨去,为了作哥哥的走车路占了先,无论如何也不肯先开腔唱歌,一定得让那弟弟先唱。弟弟一开口,哥哥却因为明知不是敌手,更不能开口了。翠翠同她祖父晚上听到的歌声,便全是那个傩送二老所唱的。大老伴弟弟回家时,就决定了同茶峒地方离开,驾家中那只新油船下驶,好忘却了上面的一切。这时正想下河去看新船装货。老船夫见他冷冷的,不明白他的意思,就用眉眼做了一个可笑的记号,表示他明白大老的冷淡处是装成的,表示他有消息可以奉告。

他拍了大老一下,轻轻的说:

"你唱得很好,别人在梦里听着你那个歌,为那个歌带得很远,走了不少的路!"

大老望着弄渡船的老船夫涎皮的老脸,轻轻的说:

"算了吧,你把宝贝女儿送给了竹雀吧。"

这句话使老船夫完全弄不明白他的意思。大老从一个吊脚楼甬道走下河去了,老船夫也跟着下去,到了河边,见那只新船正在装货,许多油篓子搁到岸边,一个水手正在用茅草扎成长束,备作船舷上挡浪用的茅把,还有人在河边用脂油擦桨板。老船夫问那个坐在大太阳下扎茅把的水手,这船什么日子下行,谁押船。那水手把手指着大老。老船夫搓着手说:

"大老,听我说句正经话,你那件事走车路,不对;走马路,你有分的!"

那大老把手指着窗口说:"伯伯,你看那边,你要竹雀做孙女婿,竹雀在那里啊!"

老船夫抬头望见二老,正在窗口整理一个鱼网。

回碧溪岨到渡船上时,翠翠问:

"爷爷,你同谁吵了架,面色那样难看!"

祖父莞尔而笑,他到城里的事情,不告给翠翠一个字。

十五

大老坐了那只新油船向下河走去了,留下傩送二老在家。老船夫方面还以为上次歌声既归二老唱的,在此后几个日子里,自然还会听到那种歌声。一到了晚间就故意从别样事情上,促翠翠注意夜晚的歌声。两人吃完饭坐在屋里,因屋前滨水,长脚蚊子一到黄昏就嗡嗡的叫着,翠翠便把蒿艾束成的烟包点燃,向屋中角隅各处晃着驱逐蚊子。晃了一阵,估计全屋子里皆为蒿艾烟气熏透了,方搁到床前地上去,再坐在小板凳上来听祖父说话。从一些故事上慢慢的谈到了唱歌,祖父话说得很妙。祖父到后发问道:

"翠翠,梦里的歌可以使你爬上高崖去摘那虎耳草,若当真有谁来在对溪高崖上为你唱歌,你怎么样?"祖父把话当笑话说着的。

翠翠便也当笑话答道:"有人唱歌我就听下去,他唱多久我也听多久!"

"唱三年六个月呢?"

"唱得好听,我听三年六个月。"

"这不公平吧。"

"怎么不公平?为我唱歌的人,不是极愿意我长远听他的歌吗?"

"照理说:炒菜要人吃,唱歌要人听。可是人家为你唱,是要你懂他歌中的意思!"

"爷爷,懂歌中什么意思?"

"自然是他那颗想同你要好的真心! 不懂那点心事,不是同听竹雀唱歌一样了吗?"

"我懂了他的心又怎么样?"

祖父用拳头把自己腿重重的捶着,且笑着:"翠翠,你人乖,爷爷笨得很,话也不说得温柔,莫生气。我信口开河,说个笑话给你听。应当当笑话听。河街天保大老走车路,请保山来提亲,我告给过你这件事了,你那神气不愿意,是不是? 可是,假若那个人还有个兄弟,走马路,为你来唱歌,向你求婚,你将怎么说?"

翠翠吃了一惊,低下头去。因为她不明白这笑话有几分真,又不清楚这笑话是谁诌的。

翠翠便微笑着轻轻的带点儿恳求的神气说:

"爷爷莫说这个笑话吧。"翠翠站起身了。

"我说的若是真话呢?"

"爷爷你真是个……"翠翠说着走出去了。

祖父说:"我说的是笑话,你生我的气吗?"

翠翠不敢生祖父的气,走近门限边时,就把话引到另外一件事情上去:"爷爷看天上的月亮,那么大!"说着,出了屋外,便在那一派清光的露天中站定。站了一忽儿,祖父也从屋中出到外边来了。翠翠于是坐到那白日里为强烈阳光晒热的岩石上去,石头正散发日间所储的余热。祖父就说:

"翠翠,莫坐热石头,免得生坐板疮。"

但自己用手摸摸后,自己便也坐到那岩石上了。

月光极其柔和,溪面浮着一层薄薄白雾,这时节对溪若有人唱歌,隔溪应和,实在太美丽了。翠翠还记着先前祖父说的笑话。耳朵又不聋,祖父的话说得极分明,一个兄弟走马路,唱歌来打发这样的晚上,算是怎么回事?她似乎为了等着这样的歌声,沉默了许久。

她在月光下坐了一阵,心里却当真愿意听一个人来唱歌。久之,对溪除了一片草虫的清音复奏以外别无所有。翠翠走回家里去,在房门边摸着了那个芦管,拿出来在月光下自己吹着。觉吹得不好,又递给祖父要祖父吹。老船夫把那个芦管竖在嘴边,吹了个长长的曲子,翠翠的心被吹柔软了。

翠翠依傍祖父坐着,问祖父:

"爷爷,谁是第一个做这个小管子的人?"

"一定是个最快乐的人作的,因为他分给人的也是许多快乐;可又像是个最不快乐的人作的,因为他同时也可以引起人不快乐!"

"爷爷,你不快乐了吗?生我的气了吗?"

"我不生你的气。你在我身边,我很快乐。"

"我万一跑了呢?"

"你不会离开爷爷的。"

"万一有这种事,爷爷你怎么样?"

"万一有这种事,我就驾了这只渡船去找你。"

翠翠嗤的笑了。"凤滩茨滩不为凶,下面还有绕鸡笼;绕鸡笼也容易下,青浪滩浪如屋大。爷爷你渡船也能下凤滩茨滩青浪滩吗？那些地方的水，你不说过像疯子吗？"

祖父说："翠翠，我到那时可真像疯子，还怕大水大浪？"

翠翠俨然极认真的想了一下，就说："祖父，我一定不走，可是，你会不会走？你会不会被一个人抓到别处去？"

祖父不作声了，他想到被死亡抓走那一类事情。

老船夫打量着自己被死亡抓走以后的情形，痴痴的看望天南角上一颗星子，心想："七月八月天上方有流星，人也会在七月八月死去吧？"又想起白日在河街上同大老谈话的经过，想起中寨人陪嫁的那座碾坊，想起二老！想起一大堆事情，心中有点儿乱。

翠翠忽然说："爷爷，你唱个歌给我听听，好不好？"

祖父唱了十个歌，翠翠傍在祖父身边，闭着眼睛听下去，等到祖父不作声时，翠翠自言自语说："我又摘了一把虎耳草了。"

祖父所唱的歌便是那晚上听来的歌。

十六

二老有机会唱歌却从此不再到碧溪岨唱歌。十五过去了,十六也过去了,到了十七,老船夫忍不住了,进城往河街去找寻那个年青小伙子,到城门边正预备入河街时,就遇着上次为大老作保山的杨马兵,正牵了一匹骡马预备出城,一见老船夫,就拉住了他:

"伯伯,我正有事情告你,碰巧你就来城里!"

"什么事?"

"天保大老坐下水船到茨滩出了事,闪不知这个人掉到滩下漩水里就淹坏了。早上顺顺家里得到这个信,听说二老一早就赶去了。"

这消息同有力巴掌一样重重的捆了他那么一下,他不相信这是当真的消息。他故作从容的说:

"天保大老淹坏了吗?从不闻有水鸭子被水淹坏的!"

"可是那只水鸭子仍然有那么一次被淹坏了……。我赞成你的卓见,不让那小子走车路十分顺手。"

从马兵言语上,老船夫还十分怀疑这个新闻,但从马兵神气上注意,老船夫却看清楚这是个真的消息了。他惨惨的说:

"我有什么卓见可言?这是天意!……"老船夫说时心中充满了感情。

特为证明那马兵所说的话，有多少可靠处，老船夫同马兵分手后，于是匆匆赶到河街上去。到了顺顺家门前，正有人烧纸钱，许多人围在一处说话。掺加进去听听，所说的便是杨马兵提到的那件事。但一到有人发现了身后的老船夫时，大家便把话语转了方向，故意来谈下河油价涨落情形了。老船夫心中很不安，正想找一个比较要好的水手谈谈。

一会船总顺顺从外面回来了，样子沉沉的，这豪爽正直的中年人，正似乎为不幸打倒，努力想挣扎爬起的神气，一见到老船夫就说：

"老伯伯，我们谈的那件事情吹了吧。天保大老已经坏了，你知道了吧。"

老船夫两只眼睛红红的，把手搓着，"怎么的，这是真事！是昨天，是前天？"

另一个像是赶路同来报信的，插嘴说道："十六中上，船搁到石包子上，船头进了水，大老想把篙撒着，人就弹到水中去了。"

老船夫说："你眼见他下水吗？"

"我还与他同时下水！"

"他说什么？"

"什么都来不及说！这几天来他都不说话！"

老船夫把头摇摇，向顺顺那么瞟了一眼。船总顺顺像知道他的心中不安处，说："伯伯，一切是天，算了吧。我这里有大兴场送来的好烧酒，你拿一点去喝罢。"一个伙计用竹筒上了一筒酒，用新桐木叶蒙着筒口，交给了老船夫。

老船夫把酒拿走，到了河街后，低头向河码头走去，到河边天保大前天上船处去看看。杨马兵还在那里放马到沙地上打滚,自己坐在柳树荫下乘凉,老船夫就走过去请马兵试试那大兴场的烧酒,两人兴致似乎皆好些了,老船夫告给杨马兵,十四夜里二老两兄过碧溪岨唱歌那件事情。

那马兵听到后便说:

"伯伯,你是不是以为翠翠愿意二老应该派归二老……"

话不说完,傩送二老却从河街下来了。这年青人正像要远行的样子,一见了老船夫就回头走去。杨马兵就喊他说:"二老,二老,你来,有话同你说呀!"

二老站定了,问马兵"有什么话说"。马兵望望老船夫,就向二老说:"你来,有话说!"

"什么话?"

"我听人说你已经走了,——你过来我同你说,我不会吃掉你!"

那黑脸宽肩膊,样子虎虎有生气的傩送二老,勉强似的笑着,到了柳荫下时,老船夫指着河上游远处那座新碾坊说:"二老,听人说那碾坊将来是归你的!归了你,派我来守碾子,行不行?"

二老仿佛听不惯这个询问的用意,便不作声。杨马兵看风头有点儿僵,便说:"二老,你怎么的,预备下去吗?"那年青人把头点点,就走开了。

老船夫讨了个没趣,赶回碧溪岨去,到了渡船上时,就装作把事情看得极随便似的,告给翠翠。

"翠翠,城里出了件新鲜事情,天保大老驾油船下辰州,掉到茨滩淹坏了。"

翠翠因为听不懂,对于这个报告最先好像全不在意,祖父又说:

"翠翠,这是真事,上次来到这里做保山的杨马兵,还说我早不答应亲事极有见识!"

翠翠瞥了祖父一眼,见他眼睛红红的,知道他喝了酒,且有了点事情不高兴,心中想:"谁撩你生气?"船到家边时,祖父不自然的笑着向家中走去,翠翠守船,半天不闻祖父声息,赶回家去看看,见祖父正坐在门槛上编草鞋耳子。

翠翠见祖父神气极不对,就蹲到他身前去。

"爷爷,你怎么的?"

"天保当真死了!二老生了我们的气,以为他家中出这件事情是我们分派的!"

有人在溪边大喊渡船过渡,祖父匆匆出去了。翠翠坐在那屋角隅稻草上,心中极乱,等等还不见祖父回来,就哭起来了。

十七

祖父似乎生谁的气,脸上笑容减少了,对于翠翠方面也不大注意了。翠翠像知道祖父已不很疼她,但又像不明白它的原因。但这并不是很久的事,日子一过去,也就好了。两人仍然划船过日子,一切依旧,惟对于生活,却仿佛什么地方有了个看不见的缺口,无法填补起来。祖父过河街去仍然可以得到船总顺顺的款待,但很明显的事,那船总却并不忘掉死去者死亡的原因。二老出北河下辰州走了六百里,沿河找寻那个可怜哥哥的尸骸,毫无结果,在各处税关上贴下招字,返回茶峒来了。过不久,他又过川东去办货,过渡时见到老船夫。老船夫看看那小伙子,好像已完全忘掉了从前的事情,就同他说话。

"二老,大六月日头毒人,又上川东去?"

"要饭吃,头上是火也得上路!"

"要吃饭! 二老家还少饭吃!"

"有饭吃,爹爹说年青人也不应该在家中白吃不作事!"

"你爹爹好吗?"

"吃得做得,有什么不好。"

"你哥哥坏了,我看你爹爹为这件事情也好像萎悴多了!"

二老听到这句话,不作声了,眼睛望着老船夫屋后那个白塔。他似乎想起了过去那个晚上,那件旧事,心中十分惆怅。

老船夫怯怯的望了年青人一眼,一个微笑在脸上漾开。

"二老,我家里翠翠说,五月里有天晚上,做了个梦,……"说时他又望望二老,见二老并不惊讶,也不厌烦,又接着说,"她梦得古怪,说在梦中被一个人的歌声浮起来,上悬岩摘了一把虎耳草!"

二老把头偏过一旁去作了一个苦笑,心中想到"老头子倒会做作。"这点意思在那个苦笑上,仿佛同样泄露出来,仍然被老船夫看到了,老船夫就说:"二老,你不信吗?"

那年青人说:"我怎么不相信?因为我做傻子在那边岩上唱过一晚的歌!"

老船夫被一句料想不到的老实话窘住了,口中结结巴巴的说:"这是真的……这是假的……"

老船夫的做作处,原意只是想把事情弄明白一点,但一起始自己叙述这段事情时,方法上就有了错处,故反而被二老误会了。他这时正想把那夜的情形好好说出来,船已到了岸边。二老一跃上了岸,就想走去。老船夫在船上显得有点忙乱的样子说:

"二老,二老,你等等我有话同你说,你先前不是说到那个——你做傻子的事情吗?你并不傻,别人方当真为你那歌弄成傻像!"

那年青人虽站定了,口中却轻轻的说:"得了够了,不要说了。"

老船夫说:"二老,我听人说你不要碾子要渡船,这是杨马兵说的,不是真的吧?"

那年青人说:"要渡船又怎样?"

老船夫看看二老的神气,心中忽然高兴起来了,就情不自禁的高声叫着翠翠,要她下溪边来。不知翠翠是故意不从屋里出来,是到别处去了,许久还不见到翠翠的影子,也不闻这个女孩子的声音。二老等了一会看看老船夫那副神气,一句话不说,便微笑着,大踏步同一个挑担粉条白糖货物的脚夫走去了。

过了碧溪岨小山,两人应沿着一条曲曲折折的竹林走去,那个脚夫这时节开了口:

"傩送二老,看那弄渡船的神气,很欢喜你!"

二老不作声,那人就又说道:

"二老,他问你要碾坊还是要渡船,你当真预备做他的孙女婿,接替他那只渡船吗?"

二老笑了,那人又说:

"二老,若这件事派给我,我要那座碾坊。一座碾坊的出息,每天可收七升米,三斗糠。"

二老说:"我回来时向我爹爹去说,为你向中寨人做媒,让你得到这座碾坊吧。至于我呢,我想弄渡船是很好的。只是老家伙坏,大老是他弄死的。"

老船夫见二老那么走去了,翠翠还不出来,心中很不快乐,走回家去看看,原来翠翠并不在家。过一会,翠翠提了个篮子从小山后回来了,方知道大清早翠翠已出门掘竹鞭笋去了。

"翠翠,我喊了你好久,你不听到!"

"做甚么?"

"一个过渡,……一个熟人,我们谈起你,……我喊你你可不答应!"

"是谁?"

"你猜,翠翠。不是陌生人,……你认识他!"

翠翠想起适间从竹林里无意中听来的话,脸红了,半天不说话。

老船夫问:"翠翠,你得了多少鞭笋?"

翠翠把竹篮向地下一倒,除了十来根小小鞭笋外,只是一把大的虎耳草。

老船夫望了翠翠一眼,翠翠两颊绯红跑了。

十八

日子平平的过了一个月，一切人心上的病痛，似乎皆在那么份长长的白日下医治好了。天气特别热，各人皆只忙着流汗，用凉水淘江米酒吃，不用什么心事，心事在人生活中，也就留不住了。翠翠每天皆到白塔下背太阳的一面去午睡，高处既极凉快，两山竹篁里叫得使人发松的竹雀，与其他鸟类，又如此之多，致使她在睡梦里尽为山鸟歌声所浮着，做的梦也便常是顶荒唐的梦。

这不是人的罪过。诗人们会在一件小事上写出一整本整部的诗，雕刻家在一块石头上雕得出骨血如生的人像，画家一撇儿绿，一撇儿红，一撇儿灰，画得出一幅一幅带有魔力的彩画，谁不是为了惦着一个微笑的影子，或是一个皱眉的记号，方弄出那么些古怪成绩？翠翠不能用文字，不能用石头，不能用颜色，把那点心头上的爱憎移到别一件东西上去，却只让她的心，在一切顶荒唐事情上驰骋。她从这分隐秘里，常常得到又惊又喜的兴奋。一点儿不可知的未来，摇撼她的极厉害，她无从完全把那种痴处不让祖父知道。

祖父呢，可以说一切都知道了的。但事实上他又却是个一无所知的人。他明白翠翠不讨厌那个二老，却不明白那小伙子二老怎么样。他从船总处与二老处，皆碰过了钉子，但他并不灰心。

"要安排得对一点，方合道理，"他那么想着，就更显得好事多磨起来了。眍着眼睛时,他做的梦比那个外孙女翠翠便更荒唐更寥阔。

他向各个过渡本地人打听二老父子的生活,关切他们如同自己家中一样。但也古怪,因此他却怕见到那个船总同二老了。一见他们他就不知说些什么,只是老脾气把两只手搓来搓去,从容处完全失去了。二老父子方面皆明白他的意思,但那个死去的人,却用一个凄凉的印象,镶嵌到父子心中,两人便对于老船夫的意思,俨然全不明白似的,一同把日子打发下去。

明明白白夜来并不作梦,早晨同翠翠说话时,那作祖父的会说:

"翠翠,翠翠,我做了个好不怕人的梦!"

翠翠问:"什么怕人的梦?"

就装作思索梦境似的,一面细看翠翠小脸长眉毛,一面说出他另一时张着眼睛所做的好梦。不消说,那些梦并不是当真怎样使人吓怕的。

一切河流皆得归海,话起始说得纵极远,到头来总仍然是归到使翠翠红脸那件事情上去。待到翠翠显得不大高兴,神气上露出受了点小窘时,这老船夫又才像有了一点儿吓怕,忙着解释,用闲话来遮掩自己所说到那问题的原意。

"翠翠,我不是那么说,我不是那么说。爷爷老了,糊涂了,笑话多咧。"

但有时翠翠却静静的把祖父那些笑话糊涂话听下去,一直听到后来还抿着嘴儿微笑。

翠翠也会忽然说道:

"爷爷,你真是有一点儿糊涂!"

祖父听过了不再作声,他将说,"我有一大堆心事,"但来不及说,恰好就被过渡人喊走了。

天气热了,过渡人从远处走来,肩上挑得是七十斤担子,到了溪边,贪凉快不即走路,必蹲在岩石下茶缸边喝凉茶,与同伴交换吹吹棒烟管,且一面与弄渡船的攀谈。许多子虚乌有的话皆从此说出口来,给老船夫听到了。过渡人有时还因溪水清洁,就溪边洗脚抹澡的,坐得更久话也就更多。祖父把些话转说给翠翠,翠翠也就学懂了许多事情。货物的价钱涨落呀,坐轿搭船的用费呀,放木筏的人把他那个木筏从滩上流下时,十来把大招子如何活动呀,在小烟船上吃荤烟,大脚娘如何烧烟呀,……无一不备。

傩送二老从川东押物回到了茶峒。时间已近黄昏了,溪面很寂寞,祖父同翠翠在菜园地里看萝卜秧子,翠翠白日中觉睡久了些,觉得有点寂寞,好像听人嘶声喊过渡,就争先走下溪边去,下坎时,见两个人站在码头边,斜阳影里背身看得极分明,正是傩送二老同他家中的长年!翠翠大吃一惊,同小兽物见到猎人一样,回头便向山竹林里跑掉了。但那两个在溪边的人,听到脚步响时,一转身,也就看明白这件事情了。等了一下再也不见人来,那长年又嘶声音喊叫过渡。

老船夫听得清清楚楚,却仍然蹲在萝卜秧地上数菜,心里觉得好笑。他已见到翠翠走去,他知道必是翠翠看明白了过渡人是谁,故蹲在那高岩上不理会。翠翠人小不管事,过渡人求她不干,奈何她不得,故只好嘶着个喉咙叫过渡了。那长年叫了几声,见无人来,就停了,同二老说:"这是什么玩意儿,难道老的害病弄翻了,只剩下翠翠一个人了吗?"二老说:"等等看,不算什么!"就等了一阵。因为这边在静静的等着,园地上老船夫却在心里想:"难道是二老吗?"他仿佛担心搅恼了翠翠似的,就仍然蹲着不动。

但再过一阵,溪边又喊起过渡来了,声音不同了一点,这才真是二老的声音。生气了吧?等久了吧?吵嘴了吧?老船夫一面胡乱估着一面跑到溪边去。到了溪边,见两个人业已上了船,其中之一正是二老。老船夫惊讶的喊叫:

"呀,二老,你回来了!"

年青人很不高兴似的,"回来了,——你们这渡船是怎么的,等了半天也不来个人!"

"我以为——"老船夫四处一望,并不见翠翠的影子,只见黄狗从山上竹林里跑来,知道翠翠上山了,便改口说,"我以为你们过了渡。"

"过了渡!不得你上船,谁敢开船?"那长年说着,一只水鸟掠着水面飞去,"翠鸟儿归窠了,我们还得赶回家去吃饭!"

"早咧,到河街早咧,"说着,老船夫已跳上了船,且在心中一面说着,"你不是想承继这只渡船吗!"一面把船索拉动,船便离岸了。

"二老,路上累得很!……"

老船夫说着,二老不置可否不动感情听下去,船拢了岸,那年青小伙子同家中长年挑担子翻山走了。那点淡漠印象留在老船夫心上,老船夫于是在两个人身后,捏紧拳头威吓了三下,轻轻的吼着,把船拉回去了。

十九

翠翠向竹林里跑去,老船夫半天还不下船,这件事从傩送二老看来,前途显然有点不利。虽老船夫言词之间,无一句话不在说明"这事有边",但那畏畏缩缩的说明,极不得体,二老想起他的哥哥,便把这件事曲解了。他有一点愤愤不平,有一点儿气恼,回到家里第三天,中寨有人来探口风,在河街顺顺家中住下,把话问及顺顺,想明白二老的心中,是不是还有意接受那座新碾坊,顺顺就转问二老自己意见怎么样。

二老说:"爸爸,你以为这事为你,家中多座碾坊多个人,便可以快活,你就答应了。若果为得是我,我要好好去想一下,过些日子再说它吧。我尚不知道我应当得座碾坊,还应当得一只渡船,因为我命里或只许我撑个渡船!"

探口风的人把话记住,回中寨去报命,到碧溪岨过渡时,见到了老船夫,想起二老说的话,不由得迷迷的笑着。老船夫问明白了他是中寨人,就又问他过茶峒作些什么事。

那心中有分寸的中寨人说:

"什么事也不作,只是过河街船总顺顺家里坐了一会儿。"

"坐了一定就有话说!"

"话倒说了几句。"

"说了些什么话?"那人不再说了。老船夫却问道:

"听说你们中寨人想把大河边一座碾坊连同家中闺女儿送给河街上顺顺,这事情有不有了点眉目?"

那中寨人笑了,"事情同了,我问过顺顺,顺顺很愿意同中寨人结亲家,又问过那小伙子,……"

"小伙子意思怎么样?"

"他说:我眼前有座碾坊,有条渡船,我本想要渡船,现在就决定要碾坊了。渡船是活动的,不如碾坊固定,这小子会打算盘呢。"

中寨人是个米场经纪人,话说得极有斤两,他明知道"渡船"指得是什么意思,但他可并不说穿。他看到老船夫口唇蠕动,想要说话,中寨人便又抢着说道:

"一切皆是命,可怜顺顺家那个大老,相貌一表堂堂,会淹死在水里!"

老船夫被这句话在心上戳了一下,把想问的话咽住了。中寨人上岸走去后,老船夫闷闷的立在船头,痴了许久。又把二老日前过渡时落漠神气温习一番,心中大不快乐。

翠翠在塔下玩得极高兴,走到溪边高岩上想要祖父唱唱歌,见祖父不理会她,一路埋怨赶下溪边去,到了溪边方见到祖父神气十分沮丧,不明白为什么原因。翠翠来了,祖父看看翠翠的快活黑脸儿,粗卤的笑笑。对溪有扛货物过渡的,便不说什么,沉默的把船拉过溪南,到了中心却大声唱起歌来了。把人渡了过溪,祖父跳上码头走近翠翠身边来,还是那么粗卤的笑着,把手抚着头额。

翠翠说:

"爷爷怎么的,你发痧了?你躺到荫下去,我来管船!"

"你来管船,好的妙的,这只船归你管!"

老船夫似乎当真发了痧,心头发闷,虽当着翠翠还显出硬扎样子,独自走回屋里后,找寻得到一些碎磁片,在自己臂上腿上扎了几下,放出了些乌血,就躺到床上睡了。

翠翠自己守船,心中却古怪的快乐,心想:"爷爷不为我唱歌,我自己会唱!"

她唱了许多歌,老船夫躺在床上闭着眼睛,一句一句听下去。心中极乱,但他知道这不是能够把他打倒的大病,他明天就仍然会爬起来的。他想明天进城,到河街去看看,又想起许多旁的事情。

但到了第二天,人虽起了床,头还沉沉的。祖父当真已病了,翠翠显得懂事了些,为祖父煎了一罐大发药,逼着祖父喝,又为过屋后菜园地里摘取蒜苗泡在米汤里作酸蒜苗。一面照料船只,一面还时时刻刻抽空赶回家里来看祖父,问这样那样。祖父可不说什么,只是为一个秘密痛苦着。躺了三天,人居然好了。屋前屋后走动了一下,骨头还硬硬的,心中惦念到一件事情,便预备进城过河街去。翠翠看不出祖父有什么要紧事情,必须当天入城,请求他莫去。

老船夫把手搓着,估量到是不是应说出那个理由。翠翠一张黑黑的瓜子脸,一双水汪汪的眼睛,使他吁了一口气。

他说:"我有要紧事情,得今天去!"

翠翠苦笑着说:"有多大要紧事情,还不是……"

老船夫知道翠翠脾气,听翠翠口气已有点不高兴,不再说要走了,把预备带走的竹筒,同扣花裆裤搁到长机上后,带点儿谄媚笑着说:"不去吧,你担心我会把自己摔死,我就不去吧。我以为天气早上不很热,到城里把事办完了就回来,……不去也得,我明天去!"

翠翠轻声的温柔的说:"你明天去也好,你腿还软!"

老船夫似乎心中还不甘服,洒着两手走出去,在门限边一个打草鞋的棒槌,差点儿把他绊了一大跤。稳住了时翠翠苦笑着说:"爷爷,你瞧,还不服气!"老船夫拾起那棒槌,向屋角隅摔去,说道:"爷爷老了!过几天打豹子给你看!"

到了午后,落了一阵行雨,老船夫却同翠翠好好商量,仍然进了城。翠翠不能陪祖父进城,就要黄狗跟去。老船夫在城里被一个熟人拉着谈了许久的盐价米价,又过守备衙门看了一会新买的骡马,方到河街顺顺家里去。到了那里见到顺顺正同三个人打纸牌,不便谈话,就站在身后看了一阵牌,后来顺顺请他喝酒,借口病刚好点不敢喝酒推辞了。牌既不散场,老船夫又不想即走,顺顺似乎并不明白他等着有何话说,却只注意手中的牌。后来老船夫的神气倒为另外一个人看出了,就问他是不是有什么事情。老船夫方忸忸怩怩照老方子搓着他那两只大手,说别的事没有,只想同船总说两句话。

那船总方明白在看牌半天的理由,回头对老船夫笑将起来。

"怎不早说?你不说,我还以为你在看我牌学张子!"

"没有什么,只是三五句话,我不便扫兴,不敢说出!"

船总把牌向桌上一撒,笑着向后房走去了,老船夫跟在身后。

"什么事?"船总问着,神气似乎先就明白了他来此要说的话,显得略微有点儿怜悯的样子。

"我听一个中寨人说你预备同中寨团总打亲家,是不是真事?"

船总见老船夫的眼睛盯着他的脸,想得一个满意的回答,就说:"有这事情。"那么答应,意思却是:"有了你怎么样?"

老船夫说:"真的吗?"

那一个很自然的说:"真的。"意思却依旧包含了"真的又怎么样?"一个疑问。

老船夫装得很从容的问:"二老呢?"

船总说:"二老坐船下桃源好些日子了!"

二老下桃源的事,原来还同他爸爸吵了一阵方走的。船总性情虽异常豪爽,可不愿意间接把第一个儿子弄死的女孩子,又来作第二个儿子的媳妇。若照当地风气,这些事认为只是小孩子的事,大人管不着,二老当真欢喜翠翠,翠翠又爱二老,他也并不反对这种爱怨纠缠的婚姻。但不知怎么的,老船夫的关心处,使二老父子对于老船夫皆有了一点误会了。船总想起家庭间的近事,以为全与这老而好事的船夫有关。

船总不让老船夫再开口了,就语气略粗的说道:

"伯伯,算了吧,我们的口只应当喝酒了,莫再只想替儿女唱歌! 你的意思我全明白,你是好意。可是我也求你明白我的意思,我以为我们只应当谈点自己分上的事情,不适宜于想那些年青人的门路了。"

老船夫被一个闷拳打倒后,还想说两句话,但船总却不让他再有说话机会,把他拉出到牌桌边去。

老船夫无话可说,看看船总时,船总虽还笑着谈到许多笑话,心中却似乎很沉郁,把牌用力掷到桌上去,老船夫不说什么,戴起他那个斗笠,自己走了。

天气还早,老船夫心中很不高兴,又进城去找杨马兵。那马兵正在喝酒,老船夫虽推病,也免不了喝个三五杯。回到碧溪岨,走得热了一点,又用溪水去抹身子。觉得很疲倦,就要翠翠守船,自己回家睡去了。

黄昏时天气十分郁闷,溪面各处飞着红蜻蜓。天上已起了云,热风把两山竹篁吹得声音极大,看样子到晚上必落大雨。翠翠守在渡船上,看着那些溪面飞来飞去的蜻蜓,心也极乱。看祖父脸上颜色惨惨的,放心不下,便又赶回家中去。先以为祖父一定早睡了,谁知还坐在门限上打草鞋!

"爷爷,你要多少双草鞋,床头上不是还有十四双吗?怎么不好好的躺一躺?"

老船夫不作声,却站起身来昂头向天空望着,轻轻的说:"翠翠,今晚上要落大雨响大雷的!回头把我们的船系到岩下去,这雨大哩。"

翠翠说:"爷爷,我真吓怕!"翠翠怕的似乎并不是晚上要来的雷雨。

老船夫似乎也懂得那个意思,就说:"怕什么?一切要来的都得来,不必怕!"

二十

夜间果然落了大雨,挟以吓人的雷声。电光从屋脊上掠过时,接着就是訇的一个炸电。翠翠在暗中抖着,祖父也醒了,知道她害怕,且担心她招凉,还起身来把一条布单搭到她身上去。祖父说:

"翠翠,不要怕!"

翠翠说:"我不怕!"说了还想说:"爷爷,你在这里我不怕!"

訇的一个大雷,接着是一种超越雨声而上的洪大倾圮声。两人皆以为一定是溪岸悬崖崩落了;担心到那只渡船,会早已压在崖石上面去了。

祖孙两人便默默的躺在床上听雨声雷声。

但无论如何大雨,过不久,翠翠却仍然就睡着了。醒来时天已亮了,雨不知在何时业已止息,醒来只听到溪两岸山沟里注水入溪的声音,翠翠爬起身来看看祖父还似乎睡得很好,开了门走出去,门前已成为一个水沟,一股水便从塔后哗哗的流来,从前面悬崖直堕而下。并且各处皆是那么一种临时的水道。屋旁菜园地已为山水冲乱了,菜秧皆掩在粗砂泥里了。再走过前面去看看溪里一切,才知道溪中也涨了大水,已满过了码头,水脚快到茶缸边了。下到码头去的那条路,正同一条小河一样,哗哗的泄着黄泥水。过渡的那一条横溪牵定的缆绳,已被水淹去了,泊在崖下的渡船,已不见了。

翠翠看看屋前悬崖并不崩坍,故当时还不注意渡船的失去。但再过一阵,她上下搜索不到这东西,无意中回头一看,屋后白塔已不见了,一惊非同小可。赶忙向屋后跑去,才知道白塔业已坍倒,大堆砖石极凌乱的摊在那儿,翠翠吓慌得不知所措,只锐声叫她的祖父。祖父不起身,也不答应,就赶回家里去,到得祖父床边摇了祖父许久,祖父还不作声。原来这个老年人在雷雨将息时已死去了。

翠翠于是大哭起来。

过一阵,有从茶峒过川东跑差事的人,到了溪边,隔溪喊过渡,翠翠正在灶边一面哭着一面烧水预备为死去的祖父抹澡。

那人以为老船夫一家还不醒,急于过河,喊叫不应,就抛掷小石头过溪,打到屋顶上。翠翠鼻涕眼泪成一片的走出来,跑到溪边高崖前站定。

"喂,不早了! 把船划过来!"

"船跑了!"

"你爷爷做什么事情去了呢? 他管船!"

"他管船,管五十年的船——他死了啊!"

翠翠一面向隔溪人说着一面大哭起来。那人知道老船夫死了,得进城去报信,就说:

"真死了吗? 我回去告他们,要他们弄条船带东西来!"

那人回到茶峒城边时,一见熟人就报告这件事,不多久,全茶峒城里外便皆知道这个消息了。河街上船总顺顺,派人找了一只空船,带了副白木匣子,即刻向碧溪岨撑去。城中杨马兵却同一个老军人，赶到碧溪岨去，砍了几十根大毛竹，用葛藤编作筏子，作为来往过渡的临时渡船。筏子编好后，撑了那个东西，到翠翠家中那一边岸下，留老兵守竹筏来往渡人，自己跑到翠翠家去看那个死者，眼泪湿莹莹的，摸了一会躺在床上硬僵僵的老友，又赶忙着做些应做的事情。到后帮忙的人来了，从大河船上运来棺木也来了，住在城中的老道士，还带了法宝，提了一只公鸡，来尽义务办理念经起水诸事，也从筏上渡过来了。家中人出出进进，翠翠只坐在灶边矮凳上呜呜的哭着。

到了中午，船总顺顺也来了，还跟着一个人抗了一口袋米，一坛酒，火腿猪肉。见了翠翠就说：

"翠翠，爷爷死了我知道了，老年人是必需死的，不要发愁，一切有我！"

各方面看看，就回去了。到了下午入了殓，一些帮忙的回的回家去了，晚上便只剩下了那老道士，杨马兵，同顺顺家派来两个年青长年。黄昏以前老道士用红绿纸剪了一些花朵，用黄泥作了一些烛台。天断黑后，棺木前小桌上点起黄色九品蜡，燃了香，棺木周围也点了小蜡烛，老道士披上那件蓝麻布道服，开始了丧事中绕棺仪式。老道士在前拿着纸幡引路，孝子第二，马兵殿后，绕着那寂寞棺木慢慢转着圈子，两个长年则站在灶边空处，胡乱的打着锣钵。老道士一面闭了眼睛走去，一面且唱且哼，安慰亡灵。提到关于亡魂所到西方极乐世界花香四季时，老马兵就把木盘里的纸花，向棺木上高高撒去。

到了半夜，事情办完了，放过爆竹，蜡烛也快熄灭了，翠翠眼泪婆婆的，赶忙又到灶边去烧火，为帮忙的人办消夜。吃了消夜,老道士歪到死人床上睡着了。剩下几个人还得照规矩在棺木前守夜,老马兵为大家唱丧堂歌取乐,用个空的量米木升子,当作小鼓,把手剥剥剥的一面敲着一面唱下去——唱《王祥卧冰》的事情,唱《黄香扇枕》的事情。

翠翠哭了一整天,也同时忙了一整天,到这时已倦极,把头靠在棺前迷着了。两长年同马兵精神还虎虎的,便轮流把丧堂歌唱下去。但只一会儿,翠翠又醒了,仿佛梦到什么,惊醒后明白祖父已死,于是又幽幽的干哭起来。

"翠翠,翠翠,不要哭啦,人死了哭不回来的!"

老马兵接着就说了一个做新嫁娘的人哭泣的笑话,话语中夹杂了三个粗野字眼儿,因此引起两个长年咕咕的笑了许久。黄狗在屋外吠着,翠翠开了大门,到外面去站了一下,耳听到各处是虫声,天上月色极好,大星子嵌进透蓝天空里,非常沉静温柔。翠翠想:

"这是真事吗?爷爷当真死了吗?"

老马兵原来跟在她的后边,因为他知道女孩子心门儿窄,说不定一炉火闷在灰里,痕迹不露,见祖父去了,自己一切皆已无望,跳崖悬梁,想跟着祖父一块儿去,也说不定!故随时小心监视到翠翠。

老马兵见翠翠痴痴的站着,时间过了许久还不回头,就打着咳叫翠翠说:

"翠翠,露落了,不冷么?"

"不冷。"

"天气好得很!"

"呀……"一颗大流星使翠翠轻轻的喊了一声。

接着南方又是一颗流星划空而下。对溪有猫头鹰叫。

"翠翠,"老马兵业已同翠翠并排一块块儿站定了,很温和的说,"你进屋里去了吧,不要胡思乱想!"

翠翠默默的回到祖父棺木前面,坐在地上又呜咽起来。守在屋中两个长年已睡着了。

那一个马兵便幽幽的说道:"不要哭了!不要哭了!你爷爷也难过咧。眼睛哭胀喉咙哭嘶有何好处。听我说,爷爷的心事我全都知道,一切有我;我会把一切安排得好好的,对得起你爷爷。我会安排,什么事都会。我要一个爷爷欢喜你也欢喜的人来接收这渡船!不能如我们的意,我老虽老,还能拿镰刀同他们拼命。翠翠,你放心,一切有我!……"

远处不知什么地方鸡叫了,老道士在那边床上胡胡涂涂的自言自语:"天亮了吗?早咧!"

二十一

大清早,帮忙的人从城里拿了绳索杠子赶来了。

老船夫的白木小棺材,为六个人抬着到那个倾圮了的塔后山岨上去埋葬时,船总顺顺,马兵,翠翠,老道士,黄狗,皆跟在后面。到了预先掘就的方阱边,老道士照规矩先跳下去,把一点朱砂颗粒同白米,安置到阱中四隅及中央,又烧了一点纸钱,爬出阱时就要抬棺木的人动手下窆,翠翠哑着喉咙干号,伏在棺木上不起身。经马兵力把她拉开,方能移动棺木。一会儿,那棺木便被新土掩盖了,翠翠还坐在地上呜咽。老道士要回城,去替人做斋,过渡走了。船总把一切事托给老马兵,也赶回城去了。帮忙的皆到溪边去洗手,家中各人还有各人的事,且知道这家人的情形,不便再叨扰,也皆不再惊动主人,过渡回家去了。于是碧溪岨便只剩下三个人,一个是翠翠,一个是老马兵,一个是由船总家派来暂时帮忙照料渡船的秃头陈四四。黄狗因被那秃头打了一石头,对于那秃头仿佛很不高兴,尽是轻轻的吠着。

到了下午,翠翠同老马兵商量,要老马兵回城去把马托给营里人照料,再回碧溪岨来陪她。老马兵回转碧溪岨时,秃头陈四四被打发回城去了。

翠翠仍然自己同黄狗来弄渡船,让老马兵坐在溪岸高崖上玩,或嘶着个老喉咙唱歌给她听。

过三天后船总来商量接翠翠过家里去住,翠翠却想看守祖父的坟山,不愿即刻进城。只请船总过城里衙门去为说句话,许杨马兵暂时同她住住,船总顺顺答应了这件事,就走了。

杨马兵既是个上五十岁了的人,说故事的本领比翠翠祖父高一筹,加之凡事特别关心,做事又勤快又干净,故同翠翠住下来,使翠翠仿佛去了一个祖父,却新得了一个伯父。过渡时有人问及可怜祖父,黄昏时想起祖父,皆使翠翠心酸,觉得十分凄凉。但这分凄凉日子过久一点,也就渐渐淡薄些了。两人每日在黄昏中同晚上,坐在门前溪边高崖上,谈点那个躺在湿土里可怜祖父的旧事,有许多是翠翠先前所不知道的,说来便更使翠翠心中柔和。又说到翠翠的父亲,那个又要爱情又惜名誉的军人,在当时按照绿营军勇的装束,如何使女孩子动心。又说到翠翠的母亲,如何善于唱歌,而且所唱的那些歌在当时如何流行。

时候变了,一切也自然不同了,皇帝已不再坐江山,平常人还消说?!杨马兵想起自己年青作马夫时,牵了马匹到碧溪岨来对翠翠母亲唱歌,翠翠母亲不理会,到如今这自己却成为这孤雏的唯一靠山唯一信托人,不由得不苦笑!

因为两人每个黄昏必谈祖父,以及这一家有关系的事情,后来便说到了老船夫死前的一切,翠翠因此明白了祖父活时所不提到的许多事。二老的唱歌,顺顺大儿子的死,顺顺父子对于祖父的冷淡,中寨人用碾坊作陪嫁妆奁,诱惑傩送二老,二老既记忆着哥哥的死亡,且因得不到翠翠理会,又被家中逼着接受那座碾坊,意思还在渡船,因此抖气下行,祖父的死因,又如何与翠翠有关……凡是翠翠不明白的事,如今可全明白了。翠翠把事弄明白后,哭了一个夜晚。

过了四七,船总顺顺派人来请马兵进城去,商量把翠翠接到他家中去,作为二老的媳妇。但二老人既在辰州,先就莫提这件事,且搬过河街去住,等二老回来时再看二老意思。马兵以为这件事得问翠翠。回来时,把顺顺的意思向翠翠说过后,又为翠翠出主张,以为名分既不定妥,到一个生人家里去不好,还是不如在碧溪岨等,等到二老驾船回来时,再看二老意思。

这办法决定后,老马兵以为二老不久必可回来的,就依然把马匹托营上人照料,在碧溪岨为翠翠作伴,把一个一个日子过下去。

碧溪岨的白塔,与茶峒风水有关系,塔圮坍了,不重新作一个自然不成。除了城中营管,税局,以及各商号各平民捐了些钱以外,各大寨子也有人拿册子去捐钱。为了这塔成就并不是给谁一个人的好处,应尽每个人来积德造福,尽每个人皆有捐钱的机会,因此在渡船上也放了个两头有节的大竹筒,中部锯了一口尽过渡人自由把钱投进去,竹筒满了马兵就捎进城中首事人处去,另外又带了个竹筒回来。过渡人一看老船夫不见了,翠翠辫子上扎了白线,就明白那老的已作完了自己分上的工作,安安静静躺到土坑里给小虫吃掉了,必一面用同情的眼色瞧着翠翠,一面摸出钱来塞到竹筒中去。"天保佑你,死了的到西方去,活下的永保平安。"翠翠明白那些捐钱人的意思,心里酸酸的,忙把身子背过去拉船。

可是到了冬天,那个圮坍了的白塔,又重新修好了,那个在月下唱歌,使翠翠在睡梦里为歌声把灵魂轻轻浮起的年青人,还不曾回到茶峒来。

……

这个人也许永远不回来了,也许"明天"回来!

二十三年四月十九日完成

新与旧

萧　萧

乡下人吹唢哪接媳妇,到了十二月是成天有的事情。

唢哪后面一顶花轿,四个伕子平平稳稳的抬着,轿中人被铜锁锁在里面,虽穿了平时不上过身的体面红绿衣裳,也仍然得荷荷大哭。在这些小女人心中,做新娘子,从母亲身边离开,且准备作他人的母亲,从此将有许多新事情等待发生。像做梦一样,将同一个陌生男子汉在一个床上睡觉,做着承宗接祖的事情,当然十分害怕,所以照例觉得要哭,就哭了。

也有做媳妇不哭的人。萧萧做媳妇就不哭。这女人没有母亲,从小寄养到伯父种田的庄子上,出嫁只是从这家转到那家。因此到那一天这女人还只是笑。她又不害羞,又不怕,她是什么事也不知道,就做了人家的媳妇了。

萧萧做媳妇时年纪十二岁,有一个小丈夫,年纪三岁。丈夫比她年少九岁,还在吃奶。地方规矩如此,过了门,她喊他做弟弟。她每天应作的事是抱弟弟到村前柳树下去玩,饿了,喂东西吃,哭了,就哄他,摘南瓜花或狗尾草戴到小丈夫头上,或者亲嘴,一面说,"弟弟,哪,啍。再来,啍。"在那满是肮脏的小脸上亲了又亲,孩子于是便笑了。孩子一欢喜,会用短短的小手乱抓萧萧的头发。那是平时不大能收拾蓬蓬松松到头上的黄发。有时垂到脑后一条有红绒绳作结的小辫儿被拉,生气了,就挞那弟弟,弟弟自然哇的哭出声来,萧萧便也装成要哭的样子,用手指着弟弟的哭脸,说,"哪,不讲理,这可不行!"

天晴落雨日子混下去,每日抱抱丈夫,也时常到溪沟里去洗衣,搓尿片,一面还检拾有花纹的田螺给坐到身边的丈夫玩。到了夜里睡觉,便常常做世界上人所做过的梦,梦到后门角落或别的什么地方检得大把大把铜钱,吃好东西,爬树,自己变成鱼到水中溜扒,或一时仿佛很小很轻,身子飞到天上众星中,没有一个人,只是一片白,一片金光,于是大喊"妈!"人醒了。醒来心还只是跳。吵了隔壁的人,就骂着,"疯子,你想什么!"却不作声只是咕咕笑着。也有很好很爽快的梦,为丈夫哭醒的事。那丈夫本来晚上在自己母亲身边睡,吃奶方便,但是吃多了奶,或因另外情形,半夜大哭,起来放水拉稀是常有的事。丈夫哭到婆婆不能处置,于是萧萧轻脚轻手爬起来,眼屎蒙眬,走到床边,把人抱起,给他看灯光,看星光。或者仍然唪唪的亲嘴,互相觑着,孩子气的"嗨嗨,看猫呵,"那样喊着哄着。于是丈夫笑了。慢慢的阖上眼。人睡了,放上床,站在床边看着,听远处一传一递的鸡叫,知道天快到什么时候了。于是仍然蜷到小床上睡去。天亮了,虽不做梦,却可以无意中闭眼开眼,看一阵空中黄金颜色变幻无端的葵花。

萧萧嫁过了门,做了拳头大丈夫的媳妇,一切并不比先前受苦,这只看她半年来身体发育就可明白。风里雨里过日子,像一株长在园角落不为人注意的蓖麻,大叶大枝,日增茂盛。这小女人简直是全不为丈夫设想那么似的长大起来了。

夏夜光景说来如做梦。坐到院心,挥摇蒲扇,看天上的星同屋角的萤,听南瓜棚上纺织娘子咯咯咯拖长声音纺车,禾花风悠悠吹到脸上,正是让人在自己方便中说笑话的时候。

萧萧好高,一个人常常爬到草料堆上去,抱了已经熟睡的丈夫在怀里,轻轻的轻轻的随意唱着那使自己也快要睡去的歌。

在院中,公公婆婆,祖父祖母,另外还有帮工汉子两个,散乱的坐,小板凳无一作空。

祖父身边有烟包,在黑暗中放光。这用艾蒿作成的长火绳,是驱逐长脚蚊东西,蜷在祖父脚边,就如一条黑色长蛇。

想起白天场上的事,那祖父开口说话,

"听三金说前天有女学生过身。"

大家就哄然笑了。

这笑的意义何在?只因为大家都知道女学生没有辫子,像个尼姑,穿的衣服又像洋人,吃的,用的,……总而言之一想起来就觉得怪可笑!

萧萧不大明白,她不笑。所以祖父又说话了。他说:

"萧萧,你将来也会做女学生!"

大家于是更哄然大笑起来。

萧萧为人并不愚蠢,觉得这一定是不利于己的一件事情了,所以接口便说:

"我不做女学生!"

"不做可不行。"

"我不做。"

众口一声的说:"非做女学生不行!"

女学生这东西,在本乡的确永远是奇闻。每年热天,据说放"水"假日子一到,便有三三五五女学生,由一个荒谬不经的热闹地方来,到另一个远地方去,取道从本地过身,从乡下人眼中看来,这些人皆近于另一世界中活下的人,装扮如怪如神,行为也不可思议。这种人过身时,使一村人皆可以说一整天的笑话。

　　祖父是当地人物,因为想起所知道的女学生在大城中的生活情形,所以说笑话要萧萧也去作女学生。一面听到这话就感觉一种打哈哈趣味,一面还有那被说的萧萧感觉一种惶恐,说这话的不为无意义了。

　　女学生由祖父方面所知道的是这样一种人:她们穿衣服不管天气冷暖,吃东西不问饥饱,晚上交到子时才睡觉,白天正经事全不作,只知唱歌打球,读洋书。她们一年用的钱可以买十六双水牛。她们在省里京里想往什么地方去时,不必走路,只要钻进一个大匣子中,那匣子就可以带她到地。她们在学校,男女一处上课,人熟了,就随意同那男子睡觉,也不要媒人,也不要财礼,名叫"自由"。她们也做官;做县官,带家眷上任,男子仍然喊作老爷,小孩子叫少爷。她们自己不养牛,却吃牛奶羊奶,如小牛小羊,买那奶时是用铁罐子盛的。她们无事时到一个唱戏地方去,那地方完全像个大庙,从衣袋中取出一块洋钱来,(那洋钱在乡下可买五只母鸡,)买了一小方纸片儿,拿了那纸片到里面去,就可以坐下看洋人扮演影子戏。她们被冤了,不赌咒,不哭。她们年纪有老到二十四岁还不肯嫁人的,有老到三十四五还好意思嫁人的。她们不怕男子,男子不能使她们受委屈,一受委屈就上衙门打官司,要官罚男子的款,这笔钱她可以同官平分。她们不洗衣煮饭,有了小孩子也只化五块钱或十块钱一月,雇人专管小孩,自己仍然整天看戏打牌。……

总而言之,说来都希奇古怪,岂有此理。这时经祖父一为说明,听过这话的萧萧,心中却忽然有了一种模模糊糊的愿望,以为倘若她也是个女学生,她是不是照祖父说的女学生一个样子去做那些事?不管好歹,做女学生极有趣味,因此一来却已为这乡下姑娘体念到了。

因为听祖父说起女学生是怎样的人物,到后萧萧独自笑得特别久。笑够了时,她说,

"祖爹,明天有女学生过路,你喊我,我要看。"

"你看,她们捉你去作丫头。"

"我不怕她们。"

"她们读洋书你不怕?"

"我不怕。"

"她们咬人你不怕?"

"也不怕。"

可是这时节萧萧手上所抱的丈夫,不知为甚么,在睡梦中哭了,媳妇用作母亲的声势,半哄半吓说,

"弟弟,弟弟,不许哭,不许哭,女学生咬人来了。"

丈夫还仍然哭着,得抱起各处走走。萧萧抱着丈夫离开了祖父,祖父同人说另外一样话去了。

萧萧从此以后心中有个"女学生。"做梦也便常常梦到女学生,且梦到同这些人并排走路。仿佛也坐过那种自己会走路的匣子,她又觉得这匣子并不比自己跑路更快。在梦中那匣子的

形体同谷仓差不多,里面有小小灰色老鼠,眼珠子红红的。

因为有这样一段经过,祖父从此喊萧萧不喊"小丫头",不喊"萧萧",却唤作"女学生"。在不经意中萧萧答应得很好。

乡下里日子也如世界上一般日子,时时不同。世界上人把日子糟塌,和萧萧一类人家把日子吝惜是同样的,各人皆有所得,各人皆为命定。城市中文明人,把一个夏天全消磨到软绸衣服精美饮料以及种种好事情上面。萧萧的一家,因为一个夏天,却得了十多斤细麻,二三十担瓜。

作小媳妇的萧萧,一个夏天中,一面照料丈夫,一面还绩了细麻四斤。这时工人摘瓜,在瓜间玩,看硕大如盆上面满是灰粉的大南瓜,成排成堆摆到地上,很有趣味。时间到摘瓜,秋天已来了,院子中各处有从屋后林子里树上吹来的大红大黄木叶。萧萧在瓜旁站定,手拿木叶一束,为丈夫编小笠帽玩。

工人中有个名叫花狗,抱了萧萧的丈夫到枣树下去打枣子。小小竹杆打在枣树上,落枣满地。

"花狗大,莫打了,太多了吃不完。"

虽这样喊,还不动身。到后,仿佛完全因为丈夫要枣子,花狗才不听话。萧萧于是又喊他那小丈夫:

"弟弟,弟弟,来,不许检了。吃多了生东西肚子痛!"

丈夫听话,兜了一堆枣子向萧萧身边走来,请萧萧吃枣子。

"姊姊吃,这是大的。"

"我不吃。"

"要吃一颗!"

她两手那里有空！木叶帽正在制边,工夫要紧,还正要个人帮忙!

"弟弟,把枣子喂我口里。"

丈夫照她的命令作事,作完了觉得有趣,哈哈大笑。

她要他放下枣子帮忙捏紧帽边,便于添加新木叶。

丈夫照她吩咐作事,但老是顽皮的摇动,口中唱歌。这孩子原来像一只猫,欢喜时就得捣乱。

"弟弟,你唱的是什么?"

"我唱花狗大告我的山歌,"

"好好的唱给我听。"

丈夫于是就唱下去,照所记到的歌唱:

  天上起云云起花,
  包谷林里种豆荚,
  豆荚缠坏包谷树,
  娇妹缠坏后生家。
  天上起云云重云,
  地下埋坟坟重坟,
  娇妹洗碗碗重碗,
  娇妹床上人重人。

丈夫唱歌中意义全不明白,唱完了就问好不好。萧萧说好,并且问从谁学来的。她知道是花狗教他的,却故意盘问他。

"花狗大告我,他说还有好歌,长大了再教我唱。"

听说花狗会唱歌,萧萧说,

"花狗大,花狗大,您唱一个歌我听听。"

那花狗,面如其心,生长得不很正气,知到萧萧要听歌,人也快到听歌的年龄了,就给她唱"十岁娘子一岁夫。"那故事说的是妻年大,可以随便到外面作一点不规矩事情,夫年小,只知道吃奶,让他吃奶。这歌丈夫完全不懂,懂到一点儿的是萧萧。把歌听过后,萧萧装成"我全明白"那种神气,她用生气的样子,对花狗说,

"花狗大,这个不行,这是骂人的歌!"

花狗分辩说,"不是骂人的歌。"

"我明白,是骂人的歌。"

花狗难得说多话,歌已经唱过了,错了陪礼,只有不再唱。他看她已经有点懂事了,怕她回头告祖父,就把话支开,扯到"女学生"。他问萧萧,看不看过女学生习体操唱洋歌的事情。

若不是花狗提起,萧萧几乎已忘却了这事情。这时又提到女学生,她问花狗近来有不有女学生过路。

花狗一面把南瓜从棚架边抱到墙角去,告她女学生唱歌的事,这些事的来源就是萧萧的那个祖父。他在萧萧面前说了点大话,说他曾经到官路上见到四个女学生,她们都拿得有旗帜,走长路流汗喘气之中仍然唱歌,同军人所唱的一模一样。不消说,这完全是笑话。可是那故事把萧萧可乐坏了。

花狗是会说会笑的一个人。听萧萧带着歆羡口气说,"花狗大,你膀子真大。"他就说,"我不止膀子大。"

"你身个子也大。"

"我全身无处不大。"

到萧萧抱了她的丈夫走去以后,同花狗在一起摘瓜,取名字叫哑叭的,开了平时不常开的口。他说,

"花狗,你少坏点。人家是黄花女,还要等十二年才圆房!"

花狗不做声,打了那伙计一掌,走到枣树下检落地枣去了。

到摘瓜的秋天,日子计算起来,萧萧过丈夫家有一年了。

几次降霜落雪,几次清明谷雨,都说萧萧是大人了。天保佑,喝冷水,吃粗砺饭,四季无疾病,倒发育得这样快。婆婆虽生来像一把剪,把凡是给萧萧暴长的机会都剪去了,但乡下的日头同空气都帮助人长大,却不是折磨可以阻拦得住。

萧萧十四岁时高如成人,心却还是一颗糊糊涂涂的心。

人大了一点,家中做的事也多了一点。绩麻纺车洗衣照料丈夫以外,打猪草推磨一些事情也要作。还有浆纱织布:两三年来所聚集的粗细麻和纺就的纱,已够萧萧坐到土机上抛三个月的梭子了。

丈夫已断了奶。婆婆有了新儿子,这五岁儿子就像归萧萧独有了。不论做什么,走到什么地方去,丈夫总跟到身边。丈夫有些方面很怕她,当她如母亲,不敢多事。他们俩"感情不坏"。

地方稍稍进步,祖父的笑话转到"萧萧你也把辫子剪去"那一类事上去了。听着这话的萧萧,某个夏天也看过一次女学生了,虽不把祖父笑话认真,可是每一次在祖父说过这笑话以后,她到水边去,必用手捏着辫子末梢,设想没有辫子的人那种神气,那点趣味。

因为打猪草,带丈夫上螺蛳山的山阴是常有的事。

小孩子不知事,听别人唱歌也唱歌。一唱歌,就把花狗引来了。

花狗对萧萧生了另外一种心,萧萧有点明白了,常常觉得惶恐。但花狗是男子,凡是男子的美德恶德皆不缺少,所以一面使萧萧的丈夫非常欢喜同他玩,一面一有机会即缠在萧萧身边,且总是想方设法把萧萧那点惶恐减去。

山大人小,平时不知道萧萧所在,花狗就站在高处唱歌逗萧萧身边的丈夫,丈夫小口一开,花狗穿山越岭就来到萧萧面前了。

见了花狗,小孩子只有欢喜,不知其他。他原要花狗为他编草虫玩,做竹箫哨子玩,花狗想方法支使他到一个远处去,便坐到萧萧身边来,要萧萧听他唱那使人红脸的歌。她有时觉得害怕,不许丈夫走开;有时又像有了花狗在身边,打发丈夫走去也好一点。终于有一天,萧萧就给花狗变成了妇人了。

那时节,丈夫走到山下采刺莓去了,花狗唱了许多歌,到后却向萧萧说,我想了你二三年。他又说,我为你睡不着觉。他又说,我赌咒不把这事情告给人。听了这些话仍然不懂什么的萧萧,眼睛只注意到他那一对膀子,耳朵只注意到他最后一句话。末了花狗大便又唱歌给她听,她心里乱了。她要他当真对天赌咒,赌了咒,一切好像有了保障,她就一切尽他了。到丈夫返身时,手被毛毛虫螫伤,肿了一片,走到萧萧身边,萧萧捏紧这一只小手,且用口去呵它,吮它,想起刚才的糊涂,才仿佛明白作了一点胡涂事。

花狗诱她做坏事情是麦黄四月,到六月,李子熟了,她欢喜吃生李子。她觉得身体有点特别,碰到花狗,就将这事情告给他,问他怎么办。

讨论了多久,花狗全无主意。虽以前自己当天赌得有咒,也仍然无主意。这家伙个子大,胆量小,个子大容易做错事,胆量小做了错事就想不出办法。

到后,萧萧捏着自己那条辫子,想起城里了,她说:

"花狗,我们到城里去过日子,不好么?"

"那怎么行?到城里去做什么?"

"我肚子大了。"

"我们找药去。"

"我想……"

"你想逃?"

"我想逃吗?我想死!"

"我赌咒不辜负你。"

"负不负我有什么用,帮我个忙,拿去肚子里这块肉罢。我害怕!"

花狗不再做声,过了一会,便走开了。不久丈夫从他处回来,见萧萧一个人坐在草地上哭,眼睛红红的,丈夫心中纳罕。看了一会,问萧萧:

"姊姊,为甚么哭?"

"不为甚么,灰尘落到眼睛里,痛。"

"你瞧我,得这些这些。"

他把从溪中检来的小蚌小石头陈列萧萧面前,萧萧用泪眼看了一会,笑着说,"弟弟,我们要好,我哭你莫告家中。"到后这事情家中当真就无人知道。

第二天,花狗不辞而行,把自己所有的衣裤都拿去了。祖父问同住的哑叭知不知道他为什么走路,走那儿去。哑叭只是摇头,说,花狗还欠了他两百钱,临走时话都不留一句,为人少良心。哑叭说他自己的话,并没有把花狗走的理由说明,因此这一家希奇一整天,谈论一整天。不过这工人既不偷走物件,又不拐带别的,这事过后不久自然也就把他忘了。

萧萧仍然是往日的萧萧。她能够忘记花狗,就好了。但是肚子真有些不同了,肚中东西使她常常一个人干发急,尽做怪梦。

她脾气似乎坏了一点,这坏处只有丈夫知道,因为她对丈夫似乎严厉苛刻了好些。

仍然每天同丈夫在一处,她的心,想到的事自己也不十分明白。她常想,我现在死了,什么都好了。可是为什么要死?她还很高兴活下去,愿意活下去。

家中人不拘谁在无意中提起关于丈夫弟弟的话,提起小孩子,提起花狗,都像使这话如拳头,在萧萧胸口上重重一击。

到八月,她担心人知道更多了,引丈夫庙里去玩,就私自许愿,吃了一大把香灰。吃香灰时被她丈夫见到了,丈夫说这是做甚事,萧萧就说这是肚痛,应当吃这个。萧萧自然说谎。虽说求菩萨保佑,菩萨当然没有如她的希望,肚子中长大的东西仍在慢慢的长大。

她又常常往溪里去喝冷水,给丈夫见到了,丈夫问她她就说口渴。

一切她所想到的方法都没有能够使她与自己不欢喜的东西

分开。大肚子只有丈夫一人知道,他却不敢告这件事给父母晓得。因为时间长久,年龄不同,丈夫有些时候对于萧萧的怕同爱,比对于父母还深切。

她还记得花狗赌咒那一天里的事情,如同记着其他事情一样。到秋天,屋前屋后毛毛虫更多了,丈夫像故意折磨她一样,常常提起几个月前被毛毛虫所螫的话,使萧萧难过。她因此极恨毛毛虫,见了那小虫就想用脚去踹。

有一天,又听人说有好些女学生过路,听过这话的萧萧,眍了眼做过一阵梦,楞楞的对日头出处痴了半天。

萧萧步花狗后尘,也想逃走,收拾一点东西预备跟了女学生走的那条路上城。但没有动身,就被家里人发觉了。

家中追究这逃走的根源,才明白这个十年后预备给小丈夫生儿子继香火的萧萧肚子,已被另外一个人抢先下了种。这真是了不得的大事。一家人的平静生活为这一件事全弄乱了。生气的生气,流泪的流泪。悬梁,投水,吃毒药,诸事萧萧全想到了,年纪太小,舍不得死,却不曾做。于是祖父想出了个聪明主意,把萧萧关在房里,派两人好好看守着,请萧萧本族的人来说话,看是沉潭还是发卖?萧萧家中人要面子,就沉潭淹死,舍不得死就发卖。萧萧既只有一个伯父,在近处庄子里为人种田,去请他时先还以为是吃酒,到了才知道是这样丢脸事情,弄得这家长手足无措。

大肚子作证,什么也没有可说。伯父不忍把萧萧沉潭,萧萧当然应当嫁人作二路亲了。

这处罚好像也极其自然,照习惯受损失的是丈夫家里,然而却可以在改嫁上收回一笔钱,当作赔偿损失的数目。那伯父把这事告给了萧萧,就要走路。萧萧拉着伯父衣角不放,只是幽幽的哭,伯父摇了一会头,一句话不说,仍然走了。

没有相当的人家来要萧萧,就仍然在丈夫家中住下。这件事情既经说明白,倒又像不甚么要紧,大家反而释然了。先是小丈夫不能再同萧萧在一处,到后又仍然如月前情形,姊弟一般有说有笑的过日子了。

丈夫知道了萧萧肚子中有儿子的事情,又知道因为这样萧萧才应当嫁到远处去。但是丈夫并不愿意萧萧去,萧萧自己也不愿意去,大家全莫名其妙,像逼到要这样做,不得不做。

在等候主顾来看人,等到十二月,还没有人来。

萧萧次年二月间,坐草生了一个儿子,团头大眼,声响宏壮,大家把母子二人照料得好好的,照规矩吃蒸鸡同江米酒补血,烧纸谢神。一家人都欢喜那儿子。

生下的既是儿子,萧萧不嫁别处了。

到萧萧正式同丈夫拜堂圆房时,儿子年纪十岁,已经能看牛割草,成为家中生产者一员了。平时喊萧萧丈夫做大叔,大叔也答应,从不生气。

这儿子名叫牛儿。牛儿十二岁时也接了亲,媳妇年长六岁。媳妇年纪大,方能诸事作帮手,对家中有帮助。唢呐吹到门前时,新娘在轿中呜呜的哭着,忙坏了那个祖父,曾祖父。

这一天,萧萧抱了自己新生的月毛毛,却在屋前榆蜡树篱笆看热闹,同十年前抱丈夫一个样子。

山道中

他们是三个同乡人,从云南军队中辞了差,预备回家。

走到第八天的路,三个人的脚走成半跛了。天气很热,走了不远,一到树荫下就得坐在路旁石头上歇气,或者买甜酒米腐吃,喝一瓢卖点心人从远方用木桶担来的凉水,止了渴又即刻上路。不上路,担心"落伍。"在边省走路,是不适宜于休息的。走的全是山路!再过五天应当到贵阳了。各人巴望到贵阳。到了这地方,算是近家了。实则家去贵阳还有十三站路。总之若到了贵阳,便算得是家边了。十三站!他们已经走过八天,到贵阳还要五天,也正是十三站。

他们从云南省动身到××走了六天,其中一个伴,给烧热病攻倒,爬不起身了,于是乎三人一同在一家小旅馆中呆下来。请医生。买药。煎药。找生姜灯草作药引子。发烧的人成天胡言谵语,把药吃下去以后就呼呼的睡去,全身出汗。住了十天,感谢天,这小地方医生居然会把病人治好了。他们第二次又上了路。所谓走了八天,就是从××算起,每天一亮走起,到日头寂寞的落下山后为止,除了饮食,除了树荫下小坐,全是不能停顿的。每天走一大站,路为六十里,里是等于平常里数的三倍,名为"蛮路"的。每到天将断黑,一落店,洗脚,吃饭,倒在铺有厚草荐与硬棉絮床上去,睡眠便把人征服了。第二天,鸡叫第二声,便爬起身来,在灯下算账,套上草鞋,太阳还未露头又上了路。

他们在行路时,是沉默的。从洞边过,从溪边过,从茅屋边过,路上所见全是一种寂寞荒凉情形。茨堆上忽然一朵红花。草地里忽然满是山莓。一条行路的蛇。一只伏在路旁见人来始惊讶飞去的山鸡。一间被兵匪焚去的屋。一堆残败的泥墙。一个死尸。一群乌鸦。所见所闻使人耳目一新的很多,使人心上不安的也不少。在一条长长的寂寞的路上行走的人,原是不能有所恐怖的。执刀械拦路的贼,有毒的蛇,乘人不备从路旁扑出袭人的恶犬,盘据在山洞中的山豹,全不缺少。这些东西似乎无时不与过路人为难,然而他们全曾遇到,也全曾平安过去。

天保他们,让他们在一切灾难中得到安全。

他们沿着大道走去。在这里,所谓大道,就是每天有远行人,小商贩,牛客,纸客,送灵榇的小小队伍,联络不绝的各在路上来去的道路。在路上,能遇到灾难以外还可以遇到此辈的道路。全是在深山中,人家很少,坡是荒废的。间或有密密的树林,无人管理的菜园,破败坍毁的水磨。路上所见的本地人,几乎全是褴褛不成人形,脸上又不缺少一种阴暗如鬼的颜色。小站小村虽然沿路都有,但到行旅十人以上时,若想在小站上住下,米同盐与住处全将发生问题。

这时节他们正过一条小溪,两岸极高。溪上一条旧木桥,行人走过时便轧轧作声。傍溪山腰老树上有猴子叫喊。水流汩汩。远处的山雀飞起时朋朋振翅声音也仿佛可以听到。溪边有座灵官庙,石屋上尚悬有几条红布,庙前石条上过路人可以休息。

"我要歇歇,慢走一点。"一个走在第一年龄独小的青年说。他先过了桥,便把背上包袱卸下,坐在石条上不走了。

第二个正在过桥,"不要懒,这里不行!"然而过得桥来,仍然也停着了。

第三个像大哥,没有过桥,就留在溪南边。昂头望,望到山崖藤葛间一群的猴子了。猴子正如有所警戒呼唤着,又像在哭啼。"看,巴屁股老三!"其余两人也就昂头看那猴子。猴子是那么一群。于是他们数点那数目。七个,八个,十一个,搜索着,数点着。

"什长,过来坐坐,这里很凉快!"

"不能久坐!"

"天气早,不怕的。"

什长过桥了。背上是一个巴斗大包袱。过了桥便把包袱掷到灵官菩萨座前,且注意那神前褪了红色的小木匾。他认识字,于是念道:

"保佑行旅。宣统三年庚申吉日立。三湘长沙府郑多福率子小福盥手敬献。——呀,是个乡亲!"

听到什长的说话,坐在石条上的青年也站起了。他也念,且想爬上神龛验看那菩萨的额角间的一只竖眼,是否能移动。

"老弟,莫上去,坐一坐,我们走路。"

"三湘长沙府——这是沙头。有十五年了。他说盥手,(他认盥做盆字)什长,我们也洗一个手罢,溪里水好得很,不用盆,可以洗脸。"

第二个过桥的人,正坐在石条上整理草鞋,自言自语说,"这地方风景真好。"这时,听到年幼的同伴读"盆手,"就笑了,开口说,"庆庆,是洋磁盆是木盆?"

"不是盆字是甚么?"

他站起来了,望望匾上的字,哈哈大笑。

什长说,"读'款'。这字同浣差不多。庆弟,你的书读到九霄云去了。"

"千字文上并不有这个字。"

"有。你记不来罢了。"

"你念我听。"

"我也记不来了。"

三人就哈哈笑着。字的出处三个退伍兵士都找不出,却找到这字的意义,"盥是洗浣,"他们将下溪洗手洗脸。庆弟先下去,绕了路,从一个坎旁到了溪中,一面用手试水,一面喊。

"什长,什长,水冷得很,可以做凉粉!"

"快洗罢,要走路!"

"我想洗洗脚。"

"莫洗脚,山水洗不得脚,会生病的!"

"还有小鱼!多得很;一只,二只,七只,……"

"快一点!我们要走路,太晚了不行!"

"有鱼咧。有小螃蟹。真多。莫非是灵官的水兵?看它们成队玩!"

"上来罢,水舀一碗上来。把帕子打湿。我们不下溪了。"

"下来看看罢,好玩的。"

"庆庆你不上来,我们就先走了。"

"那我就不上来了,坐到水里等你们回来。这里好玩。多凉。有花石子!"

"你不上来当真我们走了的,你太不行了,这不是玩的地方。"什长的话有点威风,就因为他是一个什长。

年青人,天真烂漫的,一手拿着那个洋磁碗,一手折得一枝开成一串的紫色山花,上到路边了。把水给年长的什长喝,又把湿面巾送给另一同伴。他自己就把花插在包袱上面,样子很快乐,似乎舍不得那水中的小鱼小蟹,还走到桥边向下望。

"什长,下面水是镜子。有人刻得有字在石头上。瞧,是篆子!"

话说得很多,什长不理,另一伙计心被说动了,也赶过桥边来俯瞰。

天正当午。然而在两山夹壁中,且有大的树,清风从谷中来,全不像是六月天气。若不必赶路,在石条上睡睡,真是做神仙人所享的清福了。风太凉爽,地方适宜午睡,年青的庆庆想到了的。他听远处有砍木头声音。有点疲倦,身上发松,他说:"这里好睡觉。"什长只擦脸,不做声。那一同伴又说:"什长,这里像我们乡下。"

"这里还离湖南境十七天。"

"我们到底还要走多远?"

"二十四天,二十二天,……我们已经走过小半了。"

"今天到落店时应当喝一杯。几天不喝酒,走路也无脚劲。"

"到贵州省我们可以上馆子,我的钱还够请你们吃那里的烧鸡!"

"到贵阳要几天?"

"八天就够了。今天歇老坡寨,明天枫林场,后天……"

在他们原来的路上,四个卖棉纸的人,肩上是长大扁担,两头是成捆的薄纸,来到对溪。他们因为见到庙前有人休息,所以过了桥,把肩上的东西用竖架撑起,各人也休息下来。各人用围在腰边的布片抹脸上身上的汗,各用头上的细篾遮阳扇凉。他们不互相交言,沉默的望了望几个原来休息的也是走远路的人,便放下担子不顾,各走到溪中洗脸吃水去了。

庆弟同什长说话,"什长,这些人也是到贵阳吗?"

"全是同路。"

"他们为什么那么远去卖纸,这纸值什么钱。"

"他们不一定靠卖纸。他们褡裢里有银子。顺便挑一担纸压压肩,预备下去办货,回头就赚钱了。"

"不怕抢?"

"他们褡裢里有银子,身边有刀子,性命是同银子在一块儿的!"

"今天来往的人多,你瞧,又来两个了。"

那两个人也过桥了。同他们一样,一种老营伍中人的精神,遮阳草鞋皆极其精致整洁,背上的白色包袱虽小却很沉重,腰下挂刀,像赶差事。匆匆的过了桥,来到庙前,其中一个白脸的,见歇憩人多,就口上打唿哨,主张歇歇。另一个黑脸的,虽然停着,却露出迟疑不定的神气。

"让我喝一口烟,讨个火,大哥。"

那黑脸大哥不作声,走过灵官神座前,看那木匦。即刻且坐到那高神座上休息了。白脸人就很和气的走过来,问什长讨自来火。

"哥,能不能借一个火?"

"对不起。我们全不吃烟。"

"对不起。……是到贵阳么?"

"还远的,贵阳是一半路。从昆明来。"

"啊呀呀!小朋友也走这样的长路?"

那下溪洗脚的生意人,有一个从溪边爬上坎了,口中正含着一枝旱烟管,人口中冒烟,烟斗口中也冒烟。白色的烟被风所刮,奔飞的散去,白脸汉子又到那人身边去,"朋友,把你火镰借用一下。"那生意人取下火镰同竹管中纸煤,白脸汉子便以身背风取火,把卷烟吸燃,且递给黑脸汉子。

黑脸汉子也望到山上的猴子了,作声吓猴子,长长的声音,在谷中回应多久,猴子援枝向背僻处隐了。那大汉子似乎因为那空谷回声感生了趣味,又发着长啸,到吸烟时为止。

他们自己在说话:

黑脸说,"今天是甚么时候了?"

白脸说,"刚才不久听到有鸡叫。日头当天,影子已圆,午时了。"

黑脸又说,"近来路上清吉,来往人多,比去年强得远。"

白脸又说,"我四年前八月间从此过身,跟随团长,有八个兵士。那时八个兵士有枪,还胆怯!"

……"近来不怕了。"

……"三月间剿过一次,杀了四百多人,洗了三个村子。"

……"甚么人带的兵？"

……"听说是王营长,游击队的,一共带四连人,打了个五六天,毁了三个堡子,他妈连鸡犬也不留他一个。"

……"地方太苦了。剿一次,地方也更荒凉了。"

……

几个做生意人全从溪下爬上来,各人扭着那湿布巾且向空气中抖着,慢慢的系它在腰边,又慢慢的从腰边取下火镰,旱烟具,预备吃烟。

庆庆坐在石条上打哈欠,只想睡觉。

什长看看这不成。把包袱背好。"走,不许停！"

"我想睡。"庆庆真想用包袱作枕头倒下去,躺个四平八稳。

"不行。庆弟,你不走我们就走了。"

"我们同纸客一路走,好歹是一路落站。"

什长不再说话,先走了。继着把包袱背好,也动身了的是另一同伴。余下年青人同那包袱,他无办法,一面叫"等到等到,"一面也站起身来,匆匆把包袱背好,赶上前去了。

他们上了道。几个纸客就坐在那石条上吸烟。军官模样之一的白脸汉子,也下到溪边洗面巾了。追上前去的年青人,略显得跟跄,一面同前途的旅伴说话一面赶路。

"什长,等等,天气早哩。"

"早到一点就可以得到好住处。"

"你说我们应当换草鞋不应当？我们草鞋全坏了。那苗婆娘骗人,我们上了当。草鞋咬我的脚跟,不换换我走不动了。我们应当多出点钱,买好货物。伙计,你为甚么这样忙？你跌了。

掉到溪中可不是玩。水极冷,很深,你不能泅。有蛇,你瞧,一条花蛇在水面溜哩。多快呀。什长哥,当真的事,蛇在水上!"

说着。走着。什长把脚步放慢,让年青人追及了。他退开一点,让年青人先走,自己跟在后面上路。什长略略生气的说道:

"庆弟,应当勇敢点。前路还远。今天应当早早赶到站口。你不要丢高坳地方人的大丑。吃得,饿得,走得,干得,挨冷挨热得,这是高坳人口号。"

年青人回了头,"什长,那两个黑白脸男子,是跑江湖的,是不是?"

"你走路罢。"

"我听他们说话,这路上倒像极其熟习。"路是走的,话也仍然要说。"他们说什么地方剿过,杀了四百人,恐怕就是先前走过的那村子。那样大村落,不见一个人,不见狗,不见鸡,真是怪事。为甚么杀那样多人?是四百,要许多时间才杀得完。还有小孩子,娘子,老太婆。老太婆也杀。他们说……"说着,忘了看面前的路,脚趾踢在石尖上,一个跟跄差点作了狗抢屎。

就蹲到地上揉脚。脚已出了血,扯路旁的青草嚼烂了傅上,便笑了,又傅上路旁的干土。什长迈步向前了。

"什长,慢一点。还是我打先走罢。遵照大路打先锋,不会错。"

什长有点不忍,就停着。"不许说话。好好上路!"

"嚯。"

"不许——"

"嘛。"

三人笑着,前进了。另一伙伴为年青人背了包袱。受伤的走空路。走空路,肩上轻松,在太阳下微跛的脚步,仍然走得捷速而有力。

出了山壁。回头一望已不见来处。

"什长,人多走路热闹一点,可以不疲倦。"

"你走路罢。"

"我说走路的事! 一个人我是不敢走这长路的。我猜你也未必一定敢走。不怕匪,不怕老虎,来一个鬼,穿白衣白裤,有一丈高,天又快夜,这怎么办? 我们过路那些破庙地方都有棺材,这些东西一到夜,不会起来找人吃吗? 便说有刀,哗的把刀抽出,訇的跳过来,就吵的砍去,但是鬼对你迷迷笑,这怎么办? 你喊,谁答应你? 你哭,鬼也不怕。你除非会念咒,或是剑仙。什长,你说到底有剑仙没有? 花蝴蝶采花,能够一纵身跳上屋顶,不闻声音。我听说北京城房子瓦上跑马也行,那是什么房子。北京有宫殿,有太监是割了……"

一面说,一面又走错了路,应当沿山下去,却走到山上小路去了。在后面的什长不做声,尽年青人走,却在指路碑上等着。

"什长,我家里有一把关刀。一百六十斤重,是铁打的。周仓抗过,那黑大哥真有劲,(他因为不曾听到后面的脚步声音,回了头。)什长,怎么? 走不动了! 赶路!"

"赶路罢,你自己赶上去。我们要下山了。"两个人笑着先走了。

"嗨,走错了吗? (他一口气冲到岔路上,见到了路碑。)什长,大哥,等等。我错了。妖精迷了我的路,好家伙。三步,两步,一,二,三,四,(追及了。)我在中间走。不说话。可以赌咒。"

暂时,这小子当真就是不说了。

过了一会。经过了一处烧坏了的大房子,在一堵还未完全倒坍的高墙下边,有一个干瘪瘪的老年妇人搭了个小小草棚,在草棚前卖绿荫荫的酸李子。

"买。"年青人停了,想从板带里掏钱。

"不能,吃生李子肚子会痛。你吃水太多了。"

"……"

"走!"

走了。回头还望望那老妇人。舍不得那李子。又说话了。

"这叫什么村?"

什长不答理,人在前面,吹着哨子,模仿喇叭的行军曲。

"……"庆庆不作声了,默默的如在操场时被领头带着散步走进的情形,且默默的数"一二""一二。"

行过十里中不曾遇到一个人。

行过廿里中无一个村落。行过廿五里太阳快要向一个荒凉小山后下沉时候,三人进了一个小小的青石堆砌的寨堡。看见一匹马,马上还有鞍辔。到站了。应当休息了。庆庆欢喜了。

"什长,到了,找好地方喔。有臭虫是不行的。太脏是不行的。你瞧这里不错。是县分咧。有知事告示。不知道衙门在那里?什长,这里来罢,倒好,挂得有牌。进去罢。(他自己也进那屋子了。)老板,有住处没有?三个人。一个大木床行了。要干净一点。"

出来的是一个中年人。蓝竹布长衫,旧得很,仿佛像卖卦人身分,和气的声音说:"是乡亲!就住到这里!请坐!"

坐下了。什长一条,庆庆同那伴当一条,是大白木板凳,很新很粗的还有松香气味。主人进去取烟取茶。烟来时,客不吸烟,就自己用着。

"尊姓是?"什长问主人。

"张。字问渔。湖南省桃源县人。"

"喔,真是乡亲!我们通是湖南人。好极了。今天真好。"

"真不容易。三生有幸。几位是从云南来了?"

"是的。是走十来天了。"

"请教是……"

"贱姓侯……"

"好极了,今天。"主人搓着两只瘦手,口上的咬着的烟管冒着烟子,又出去找人去了。

不到一刻三人在洗脚了。一个脚盆里,五只泥腿在滚热水中烫着。庆庆另一只脚不敢落水,主人见到了,忙问。知道受了伤,就即刻取伤药来。异乡的骨肉,原应关心到如自己的亲人。

从谈话中才知道主人是县公署科长,县长也就是住在这小店中。每天到一个旧庙中审点案,判断一些小生意人的争持,晚上就回到小店中住处来吃饭睡觉,上床以前读读《庄子》,无事时则过各处小乡绅家中去喝点酒,作县长的五日一场才有新鲜猪肉吃。县长无处可去无事可作时,就下点棋或种种瓜菜。本县城内共计一百卅二户,大小人口三百四十四人,还将县长本身算在这一个数目里面。

"有军队没有？"问主人有不有军队，因为自己是兵的原故。

"有警备队。一共二十个。有十枝枪。"主人说时也笑了。

"地方清静不清静？"

"这里倒好。太荒凉，容不下大股匪。土匪是不能挨饿的，养得起兵的地方也停得住匪。不过有时也有人在路上被抢。最近不久还听说——"

县长回来了，一个穷秀才样子，穿了件旧的浅蓝竹布长衫，罩上半新的黑色羽纱之类小袖马褂，鼻小眼明，样子和霭，与来客供手作礼，古意盎然。

科长作东，县长作陪，三个在异乡异县跋涉远道的人，吃了一顿意想不到的晚饭，夜间，上了床，另一室中县长《秋水篇》的朗吟，把庆庆等三人送到梦境里去了。

庆庆梦中下了溪里洗澡，泅水的有县长同几个纸客在内。此外还有猴子，小鱼，也能泅水打伞子。

第二天一亮，几个人起身整备行李时，他们从主人处知道一件严重的事情。昨天较晚南来的行路人，投县报告了一个消息：有几个纸客被抢了。还死了两个人。死了的人是个军官，因为有钱，有刀，不服抄掠，便被杀死了。地点是瓮谷的灵官庙前桥头上，出山猴子地方。县长准备去验尸，各处找轿夫找警备队。

三个人皆呆了。

当天仍然上了路，他们的家乡离那里还有二十天！

三个男子和一个女人

因为落雨,朋友逼我说落雨的故事。这是其中最平凡的一个。它若不大动人,只是因为它太真实。我们都知道,凡美丽的都常常不是真实的,天上的虹同睡眠的梦,便为我们作例。

没有什么人知道军队中开差要落雨的理由。

我们自己是找不出那个理由的。或者这事情团部的军需能够知道,因为没有落雨时候,开差的草鞋用得很少,落了雨,草鞋的耗费就多了。落雨开差对于军需也许有些好处。这些事我们并不清楚,照例非常复杂,照例团长也不大知道,因为团长是穿皮靴的。不过每次开拔总同落雨有一种密切关系,这是本年来我们的巧遇。

在大雨中作战,还需要人,在雨里开差,我们自然不应当再有何种怨言了。雨既然时落时止,部队的油布雨衣,都很完全。我们前面办站的副官,从不因为借故落雨,便不把我们的饮食预备妥当。我们的营长,骑在马上,尽雨淋湿全身,也不害怕发生疟疾。我们在雨中穿过竹林,或在河边茅棚下等候渡船,因为落雨,一切景致看来实在比平常日子美丽许多。

落了雨泥浆分外多,但滑滑的走着长路,并不使人十分难过。我们是因为落雨,所以每天才把应走的里数缩短的。我们还可以在方便中,借故走到一个有青年妇人的家里去,说几句俏皮话,打个哈哈,顺便讨取几张棕衣,包到脚上。我们因为落雨,才可以随便一点,同营长在一个小盆里洗脚。一个兵士还能够有机会同营长在一个盆里洗脚,这出乎军纪风纪以上的放肆,在我们那时节,是不甚么容易得到的机会!

队伍走了四天,到了我们要到的地点。天气是很有趣味的天气,等到队伍已经达到目的地,忽然放了晴,有太阳了。一定有许多人要笑它,以为太阳在故意同我们作对。好罢,这个我们可管不了许多。我们是移到这里来填防的,原来所驻的军队早已走了,把部队开来补缺,别人做什么无聊事我们还是要继续来作。

乘满天红霞夕阳照人时,我们有一营人留在此地了。另外一营人,今天晚上虽然也留在此地,第二天就得开拔到一个五十里外的镇上去。那些明天还要开拔的,这时节已全驻扎到各小客栈同民房,我们却各处去找寻应当驻宿的地点。因为各个部队已经分配好了,我们的旗子插到杨家祠堂,可是一连人中谁也不知道这杨家祠堂的方向,只是在街中乱抓别一连的兵士询问。

原来杨家祠堂有两个,我们找了许久,找到的还是好像不对。因为这祠堂太小,太坏,内中极其荒凉。但连长有点生气,他那尊贵的脚不高兴再走一步了。他说,这里既然是空的,就歇息一下,再派人去问罢。我们全是走了一整天长路的人,我们还看到许多兵士,在民房里休息,用大木盆洗脚,提干鱼匆匆忙忙的向厨房走去。倦了饿了,都似乎有了着落,得到解决,只有我们还在这市镇街上各处走动,像一队无家可归的游民。现在既然有了个歇脚地方,并且时间又已经快夜了,所以谁也不以为意,都在祠堂外廊下架了枪,许多人都坐在那石狮子下,松解身上的一切负荷。

一个年青号兵不知从什么地方得来了一个葫芦,满葫芦烧酒,一个人很贪婪的躲到墙脚边喝它。有些兵士见到了都去抢这葫芦,到后葫芦打碎,所有酒全泼在还不十分干燥的石地上了。号兵发急,大声的辱骂,而且追打抢劫他的同伴。

连长听到这个吵闹,想起号兵的用处了,就要号兵吹号探问团部。号兵爬到石狮子上去,一手扳着那为夕阳所照及的石狮,一手拿着那支紫铜短小喇叭,吹了一通问答的曲子,声音飘荡到这晚风中,极其抑扬动人。

其时满天是霞,各处人家皆起了白白的炊烟,在屋顶浮动。许多年青妇人带着惊讶好奇的神气,身穿新浆洗过的月蓝布衣裳,胸前挂着扣花围裙,抱了小孩子,远远的站在人家屋檐下看热闹。

那号兵,把喇叭吹过后,就得到了驻在山头庙里团部的回音。连长又要号兵用号声,询问是不是本连就在这祠堂歇脚。那边的答复还是不能使我们的连长满意。于是那号兵,第三次又鼓着那嘴唇,吹他那紫铜喇叭。

在街的南端,来了两只狗,有壮伟的身材,整齐的白毛,聪明的眼睛,如两个双生小孩子,站在一些人的面前。这东西显然是也知道了祠堂门前发生了什么事情,特意走来看看的。

这对大狗引起了我们一种幻想。我们的习惯是走到任何地方看到了一只肥狗,心上就即刻有一个杀机兴起,极难遏止的。可是另外还有更使人注意的,是听到有一个女子的声音喊"阿白","阿白",清朗而又脆弱,喊了两声,那两只狗对我们望望,仿佛极其懂事,知道这里不能久玩,返身飞跑去了。

天气快晚了。满天红云。

我们之间忽然发生了一个意外的变故。那号兵,走了一整天的路,到地后,大家皆坐下休息了,这年青人还爬上石狮子去吹了好几次号。到后脚腿一发麻,想从石狮子上跳下时,谁知两脚已毫无支持他那身体的能力,跳到地下就跌倒不能爬起,一双脚皆扭伤了筋,再也不能照平常人的方便走路了。

这号兵是我同乡,我们在一个堡寨里长大,一条河里泅水过着夏天,一个树林子里拾松菌消磨长日。如今便应当轮到我来照料他了。

一个二十岁的人,遭遇这样的不幸,那有什么办法可言?因为连长也是同乡,号兵的职务虽不革去,但这个人却因为这不幸的事情,把事业永远陷到号兵的位置上了。他不能如另外号兵,在机会中改进干部学校再图上进了,他不能再有资格参加作战剿匪的种种事情了,他不能再像其他青年兵士,在半夜里爬过一堵土墙去与本地女子相会了。总而言之,便是这个人做人的权利,因为这无意中一摔,一切皆消灭无余,无从补救了。

我因为同乡原故,总是特别照料到这个人。我那时是一个什长,我就把他放在我那一棚里。这年青人仍然每早得在天刚发白时候爬起,穿上军衣,弄得一切整齐,走到祠堂外边石阶上去,吹天明起床号一通。过十分钟,又吹点名号一通。到八点又吹下操号一通。到十点又吹收操号一通。……此外还有许多次数,都不能疏忽。军队到了这里,半月来完全不下操,但照规矩那号兵总得尽号兵的职务。他每次走到外边去吹他的喇叭时，都得我照扶他。我或者没有空闲，这差事就轮着班上一个火夫。

我们都希望他慢慢的会转好，营部的外科军医，还把十分可信的保证送给这个不幸的人。这年青人两只腿被军医都放过血，揉搓过许久，且用药烧灼过无数次，末了还用杉木板子夹好。日子一天一天的过去，还是得不到少许效验，我们都有点失望了，他自己却不失望。

他说他会好的，他只要过两个月就可以把杉木夹板取去，可以到田里去追赶野兔了。听到这个话老军医便笑着，因为他早知道这件事是青年人永远无可希望的事情，不过他遵守着他做医生的规则，且法律又正许可这类人说谎，所以他约许给这个号兵种种利益，有时比追兔子还夸张得不合事实。

过了两个月，这年青人还是完全不济事。伤处的肿已经消了，血毒症的危险不会有了，伤部也不至于化脓溃烂了，但这个号兵，却已完全是一个瘸脚人了。他已经不要人照料，就可以在职务上尽力了。他仍然住在我那一棚里，因为这样，我们两人之间，成立了一种最好的友谊。

我们所驻在的市镇，并不十分热闹，但比起湘边各小城市，却另有一种风味。这里只四条大街，中央一个鼓楼操纵全城。这里如其他地方一样，有药铺同烟馆，有赌博地方同喝酒地方。我每天差不多都同这个有残疾的号兵在一处过活，出去时总在一块，喝酒两人帮忙，赌博两人拉伴平分。

若果部队不开拔，这年青人仍然有一切当兵人的幸福。凡是一个兵士能做到的事，他仍然可以有分。他要到那些有年青妇人的住处去,妇人们都不敢得罪他。他坐上桌子赌五十文一注的二十一点扑克,别人也不好意思行使欺骗。他要吹号,凡是在过去没有赶得过他的,如今还是不会超过他。大家知道这个号兵的不幸,还不约而同的帮助这个人。

但他的性情,在我看来,有些地方却变了。他是一个号兵,照例一个号兵,对于他的喇叭应当有一种特殊嗜好,无事时到各处走去,喇叭总不能离身。他一定还是一个动作敏捷活泼喜事的人。他可以在晨光微曦中,爬到后山头或城堡上去试音,到了夜里,还要在月光下奏他的曲子,同远远的另一连互相唱和。别的连上的号手,在逢场时节,还各人穿了整齐的制服,排队到场上游行,成列的对本城人有所眩耀,说不定其中就有意外的幸运发生,给那些藏在腰门后面,露出一个白白额角同黑亮眼睛的妇女们注了意。还有,他若是行动自由而且方便,拿喇叭到山上去吹,会有多少小孩子,带着微微的害怕,围拢来欣赏这大人物的艺术,他就可以同那些小孩子成立一种友谊。慢慢地,他就得到许多小朋友了。

属于号兵分外的好处,一切都完了。他仅有的只是一点分内的职务。平时好动喜事的他,有点儿阴郁,有点儿可怜。他的脚已经瘸了。连长当人面前就大声的喊瘸子。为了一种方便,为了在辨别上容易认出,自从这号兵一瘸,大家都在他的号兵名字加上了"瘸子"两字,本连火夫也有了这一种权利对这个人存轻视心,轻轻的互相批评这不幸的人,且背地里学这人的行动,作为娱乐。

在先,对于号兵的职务,他仍然如一个好人一样,按时站在祠堂门外,或内面殿堂前石阶上,非常兴奋的奏他的喇叭。后来因为本连补下一个小副手,等到小号兵已经能够较正确的吹完各样曲子时,他就不常按时服务了。

他同我每天都到南街一个卖豆腐的人家去,坐在那大木长凳上,看铺子里年青老板推浆打豆腐。这铺子对面是一个邮政代办所,一家比本城各样铺子还阔气的房子,从对街望去,看得见铺子里油黄大板壁上挂的许多字画,许多贴金洒金的对联。最初来的那一天,我们所见到的那两只白色大狗,就是这人家所豢养的东西。这狗每天蹲在门前,遇熟人就站起身来玩一阵,后来听到一个人的叫唤,便显得匆匆忙忙,走到有金鱼缸的门里天井去了。

我们难道是靠着白吃一碗豆浆,就成天来赖到这铺子里面么?我们难道当真想要同着年青老板结拜兄弟,所以来同这个人要好么?

我们来到这里有别的原因。但是,两个兵士,一个是废人,一个虽然被人家派为什长,站班时能够走出队伍来喊报名,在弟兄中有一种权利,在官长方面也有一种权利,俨然是一个预备军官,更方便处是可以随意用各样希奇古怪的名称,辱骂本班的火夫,作为脾气不好时节的泄气方法。可是一到外面,还有什么威武可说?一个班长,一连有十个或十二个,一营有三十六个,一团就有一百以上。什长的肩领章,在我们这类人身上,只是多加一层责任罢了。一个兵士的许多利益,因为是班长,却无从得到了。一个兵士有许多放肆处,一个班长也不许可了。若有人知道作战时班长同排长的责任,谁也将承认班长的可怜悯了。我到这儿是不以班长自居的,我擅用了一个兵士的权利,来到这豆腐铺。虽然我们每天总不拒绝由那个单身的强健的年青人手里,接过一碗豆浆来喝,我们可不是为吃豆浆而上门的。我们两人原来都看中了那两只白狗,同那狗的女主人了。癞蛤蟆想吃天鹅肉,这句话恰像为我们说的。

说起这女人真是一个标致的动物!在我生来还不曾见到有第二个这样的女子。我看过许多师长的姨太太,许多女学生。第一种人总是娼妓出身,或者做了太太,样子变成娼妓。第二种人壮大得使我们害怕,她们跑路,打球,做一些别的为我们所猜想不到的事情,都变成了水牛。她们都不文雅,不窈窕。至于这个人呢,我说不出完全合意的是些什么地方,可是不说谎,我总觉得这是一朵好花,一个仙人。

我们一面服从营规,来时服从自己的欲望,在这城里我们不敢撒野,我们却每天到这豆腐铺子里来坐下。来时同年青老板谈天,或者帮助他推磨,上浆,包豆腐,一面就盼望那女人出门玩时,看一看那模样。我们常常在那二门天井大鱼缸边,望见白衣一角,心就大跳,血就在全身管子里乱窜乱跑。我们每天想方设法花钱买了东西,送给那两只狗吃,同这个畜生要好。在先,这畜生竟像知道我们存心不良,送它的东西嗅了一会就走开了。但到后来这东西由豆腐铺老板丢过去时,两条狗很聪明的望了一下老板,好像看得出这并不是毒药,所以吃下了。

为甚么我们要在这无希望的事业上用心我们自己也不知道。按照我们的身分,我们即或能够同这个人家的两条狗要好,也仍然无从与那狗主人接近。这人家是本地邮政代办所的主人,也就是这小城市唯一的绅士,他是商会的会长,铺子又是本军的兑换机关。时常请客,到此赴席的全是体面有身分的人物,团长同营长,团副官,军法,军需,无不在场。平常时节也常常见营部军需同书记官,到这铺子里来玩,同那主人吃酒打牌。

我们从豆腐铺老板口上,知道那女人是会长最小的姑娘,年纪还只有十五岁。我们知道一切无望了,还是每天来坐到豆腐铺里,找寻方便,等候这娇生惯养的小姑娘出外来,只要看看那明艳照人的女人一面,我们就觉得这一天大快乐了。或者一天没有机会见到,就是单听那脆薄声音,喊叫她家中所豢养狗的名字,叫着大白二白,我们仿佛也得到了一种安慰。我们总是痴痴的注想到那鱼缸,因为从那里常常可见到白色或葱绿色衣角,就知道那个姑娘是在家中天井里玩。

时间略久,那两只狗同我们做了朋友,见我们来时,带着一点谨慎小心的样子,走过豆腐铺来同我们玩。我们又恨这畜生又爱这畜生,因为即或玩得很好,只要听到那边喊叫,就离开我们走去了。可是这畜生是那么驯善,那么懂事!不拘什么狗都永远不会同兵士要好的,任何种狗都与兵士作仇敌,不是乘隙攻击,就是一见飞跑;只有这两只狗竟当真成了我们的朋友。

豆腐铺老板是一个年青人,强健坚实,沉默少言,每天愉快的作工,同一切人做生意,晚上就关了店门睡觉。看样子好像他除了守在铺子面前,什么事情也不理,除了做生意,什么地方也不去。初初看来竟不知道这人什么时候吃饭,什么时候去买办他制豆腐的黄豆。他虽不大说话,可是一个主顾上门时节,他总不至疏忽一切的对答。我们问他所有不知道的事情时,他答应得也非常满意。

我们曾邀约他喝过酒,等到会钞时,走到柜上去算账,却听说豆腐老板已先付了账。第二次我们又请他去,他就毫不客气的让我们出钱了。

我们只知道他是从乡下搬来的,间或也有乡下亲戚来到他的铺子里,看那情形,这人家中一定也不很穷。他生意做得不坏,他告诉我说,他把积下的钱都寄回乡下去。问他是不是预备讨一个太太,他就笑着不说话。他会唱一点歌,嗓子很好,声音调门都比我们营里人高明。他又会玩一盘棋,人并不识字,"车""马""象""士"却分得很清楚。他做生意从未用过账簿,但赊欠来往数目,都能用记忆或别的方法记着,不至于使它错误。他把我们当成朋友看待,不防备我们,也不谄谀我们。我们来到他的铺子里,虽然好像单为了看望那商会会长的小姑娘,但若没有这样一个同我们合得上的主人,我们也不会不问晴雨到这铺子里混了!

我同到我那同伴瘸脚号兵,在他豆腐铺里谈到对面人家那姑娘,有时免不了要说出一些粗话蠢话,或者对于那两只畜生,常常做出一点可笑的行为,这个年青老板,总是微笑着,在他那微笑中我们虽看不出什么恶意,却似乎有点秘密。我便说:

"你笑甚么?你不承认她是美人么?你不承认这两只狗比我们有福气么?"照例这种话不会得到回答。即或回答了,他仍然只是忠厚诚实而几几乎还像有点女性害臊神气的微笑。

"为甚么还好笑?你们乡下人,完全不懂美!你们一定欢喜大奶大臀的妇人,欢喜母猪,欢喜水牛,为的是肥大合用。但是这因为你不知道美人,不知道好看的东西。"

有时那跛子号兵,也要说:"娘个狗,好福气!"且故意窘那豆腐铺老板,问他愿不愿意变成一只狗,好得到每天与那小姑娘亲近的机会。

照例到这些时节,年青人一面便脸红着特别勤快的推磨,一面还是微笑。

谁知道这是甚么意思?谁又一定要追寻这意思?

我们的日子可以说是过得很快乐。因为我们除了到这里来同豆腐老板玩,喝豆浆看那个美人以外,还常常去到场坪看杀人。我们的团部,每五天逢场,总得将从各处乡村押解来到的匪犯,选择几个做坏事有凭据的,牵到场头大路上去砍头示众。从前驻扎在怀化,杀人时,若分派到本连护卫,派一排押犯人,号兵还得在队伍前面,在大街上吹号。到场坪时,队伍取跑步向前,吹冲锋号,使情形转为严重。杀过人以后,收队回营,从大街上慢慢通过,又得奏着得胜回营的曲子。如今这事情跛脚号兵已无分了。如今护卫的完全归卫队,就是平常时节团长下乡剿匪时保护团长平安的亲兵,属于杀人的权利也只有这些人占有了。我们只能看看那悲壮的行列,与流血的喜剧了。我也不能再用班长资格,带队押解犯人游街了。可是这并不是我们的损失,却是我们的好处。我们既然不在场护卫,就随时可以走到那里去看那些杀过后的人头,以及灰僵僵的尸体,停顿在那地方很久,不必须即时走开。

有一次,我们把豆腐老板拉去了,因为这个人平素是没有胆量看这件事的。到那血迹殷然的地方,四具死尸躺在土坪里,上衣已完全剥去,恰如四只死猪。许多小兵穿着不相称的军服,脸上显着极其顽皮的神气,拿了小小竹杆,刺泼死尸的喉管。一些饿狗远远的蹲在一旁,眺望到这里一切新奇事情,非常出神。

号兵就问豆腐老板,对于这个东西害不害怕。这年青乡下人的回答,却仍然是那永远神秘永远无恶意的微笑。看到这年青人的微笑,我们为我们的友谊感觉喜悦,正如听到那女子的声音,感觉生命的完全一个样子。

因为非常快乐,我们的日子也极其容易过去了。

一转眼,我们守在这豆腐铺子看望女人的事情就有了半年。

我们同豆腐老板更熟了些,同那两只狗也完全认识了。我们有机会可以把那白狗带到营里去玩,带到江边去玩,也居然能够得到那狗主人的同意了。

因为知道了女人毫无希望,(这是同豆腐老板太熟习了,才从他口中探听到不少事情的,)我们都不再说蠢话,也不再做愚蠢的企图了。仍然每天到豆腐铺来玩,帮助这个朋友,做一切事情。我们已完全学会制造豆腐的方法,能辨别豆浆的火候,认识黄豆的好坏了。我们还另外认识了许多本地主顾,他们都愿意同我们谈话,做我们的朋友。主顾是营里兵士时,我们的老板,总要我多多的给他们豆腐,且有时不接受主顾的钱。我们一面把生活同豆腐生意打成一片,一面便同那两只白狗成了朋友,非常亲昵,非常要好。那小姑娘的声音,虽仍然能够把狗从我们身边喊叫回去,可是有时候我们吹着哨子,也依然可以嗾使那两条狗飞奔的从家中跑出来。

我们常常看见有年青的军官,穿着极其体面的毛呢军服,白白的脸庞,带着一点害羞的红色,走路时胸部向前直挺,用那有刺马轮的长统黑皮靴子,磕着街石,堂堂的走进那人家二门里去,就以为这其中一定有一些故事发生,充满了难受的妒意。我到底是懂事一点的人,受了这个打击,还知道用别的方法安慰到自己,可是我的老伴瘸脚号兵,却因此大不快乐。我常常见他对那些年青官佐,在那些人背后,捏起拳头来作打下的姿式。又常常见他同豆腐老板谈一些我不注意到的事情。

有一次在一个小馆子里,各人皆喝多了一点酒,忘了形,我说过这样的话。我向那跛脚的残废人说:

"你是废人,我的朋友;我的庚兄;你是废人!一个小姐是只嫁给我们年青营长的。我们试去水边照照看,就知道这件事我们无分了。我们是什么东西?四块钱一月,开差时在泥浆里跑路,驻扎下来就点名下操,夜间睡到稻草席垫上给大爬虫咬,口是吃牛肉酸菜的口,手只捏那冰冷的枪筒。……我们年青,这有什么用:我们只是一些排成队伍的猪狗罢了,为甚么对于这姑娘有一种野心?为甚么这样不自量?……"

我那时的确已有了点醉意,不知道应当节制语言,只是糊糊涂涂,教训这个平时非常听好话的朋友。我似乎还用了许多比喻,提到他那一只脚。那时只是我们两个人在一处,到后,不知为甚么理由,这朋友忽然改变了平常的脾气,完全像一只发疯了的兽物,扑到我的身上来了。我们于是就揪打成一堆,各人扭着对方的耳朵,各人毫不虚伪的痛痛的打了一顿。我实在是醉了,他也是有点醉了。我们都无意思的骂着闹着,到后有兵士从门外过身,听到里面吵闹,像是自己人,才走进来劝解,费了许多方法才把我们拉开。

回到连上,各人呕了许多,半夜里,我们酒醒了,各人皆因为口渴,爬起来到水缸边拿水喝。两人喝了好些冷水,皆恍恍惚惚记起上半夜的事情,两人都哭起来。为甚么要这样斗殴?什么事使我们这样切齿?什么事必须要这样作?我们披了新近领下的棉军服,一同走到天井去看快要下落的月亮,如一个死人的脸庞。天空各处有流星下落,作美丽耀目的明光。各处有鸡在叫。我们来到这里驻防,我这个朋友跌坏了腿的那时,还是四月,如今已经是十月了。

第二天,两人各望着对方的浮肿的脸,非常不好意思。连上有人知道了我们的殴打,一定还有人担心我们第二次的争斗,可料不到昨夜醉里的事情,我们两人早已忘记了。我们虽然并不忘却那件事,但我们正因为这样,友谊似乎更好了些。

两人仍然往豆腐铺去,豆腐老板初初见到,非常惊讶,以为我们之间一定发生重大的事故。因为我们两人的脸有些地方抓破了,有些地方还是浮肿,我们自己互相望到也要发笑。

到后还是我来为我们的朋友把事情说明,豆腐老板才清楚这原委。我告诉他说,我恍惚记忆得我说了许多胡涂话,我还骂他是一只瘸脚公狗,到后,不知为甚么两人就揉在一处了。幸好是两人都醉了,手脚都无气力,毫不落实,虽然行动激烈,却不至于打破头部。

这时那个姑娘走出门来,站在她的大门前,两只白狗非常谄媚的在女人身边跳跃,绕着女人打围,又伸出红红的舌头舔女人的小手。

我们暂时都不说话了,三个人望到对面,后来那女人似乎也注意到我们两个人的脸上,有些蹊跷,完全不同往日了。便望着我们微笑:似乎毫不害怕我们,也毫不疑心我们对她有所不利。可是,那微笑,竟又俨然像知道我们昨晚上的胡闹,究竟是为了一些什么理由。

我那时简直非常忧郁,因为这个小姑娘竟全不以我们为意,在那小小的心里,说不定还以为我们是为了赚一点钱,同这豆腐老板合股做生意,所以每天才来到这里的。我望了一下那号兵,他的样子也似乎极其忧郁,因为他那只瘸腿是早已为人家所知道了的,他的样子比我又坏了一点,所以我断定他这时心上是很难受的。

至于豆腐老板呢,我不知道他是有意还是无意,这时节正露着强健如铁的一双臂膊,扳着那石磨,检察石磨的中轴,有无损坏。这事情似乎第三次了。另一回,也是在这类机会发现时,这年青诚实单纯的男子,也如今天一样检察他的石磨。

我想问他却没有开口的机会。

不到一会儿,人已经消失到那两扇绿色贴金的二门里不见了。如一颗星,如一道虹,一瞬之间即消逝了。留在各人心灵上的是一个光明的符号。我刚要对着我的瘸腿朋友作一个会心的微笑,我那朋友忽然说:

"二哥,二哥,你昨晚上骂得我很对,骂得我很对!我们是猪狗!我们是阴沟里的蛤蟆!……"

因为号兵那惨沮样子,我反而觉得要找寻一些话语,安慰这个不幸的废人了。我说:

"不要这样说罢,这不是男子应说的话。我们有我们的志气,凭这志气凡事都无有不可以做到。万丈高楼平地起,我们要做总统,做将军,一个女人,算不了什么希奇。"

号兵说:"我不打量做总统,因为那个事情太难办到。我这只脚,娘个东西,我这只脚!……"

"谁不许你做人?你脚将来会想法子弄好的,你还可以望连长保荐到干部学校去念书。你可以同他们许多学生一样,凭本领挣到你的位置。"

"我是比狗都不如的东西。我这时想,如果我的脚好了我要去要求连长补个正兵名额。我要成天去操坪锻炼……"

"慢慢的自然可以做到,"我转头向豆腐老板望着,因为这年青人已经把石磨安置妥当,又在摇动着长木推手了。"我们活下来真同推磨一样,简直无意思。你的意思以为怎么样?"

这汉子,对于我说的话好像以为同我的身分不大相称,也不大同他的生活相合,还是同别一时节别一事情那样向我微笑。

我明白了,我们三个人同样的爱上了这个女子。

十月十四,我被派到七十里外总部去送一件公文,另外还有些别的工作,在石门候信住了一天,路上来回消磨了两天。

回转本城把回文送过团部,销了差,正因为这一次出差,得六块钱奖赏,非常快乐,预备回连上去打听是不是有人返乡,好把钱寄四块回去办冬天的腊肉。回连上见到瘸子,我还不曾开口,那号兵就说:

"二哥,那个女人死了!"

这是什么话?

我不相信，一面从容俯下身去脱换我的草鞋。瘸子站在我面前，又说是"女的死了，"使我不得不认真了。我听清楚这话的意义后，忽然立起，简直可说是非常粗暴的揪着了这人的领子，大声询问这事真伪。到后他要我用耳朵听听，因为这时节远处正有一个人家，办丧事敲锣打鼓，一个唢呐非常凄凉的颤动着吹出那高音。我一只脚光着，一只脚还笼在湿草鞋里，就拖了瘸子出门。我们同救火一样向豆腐铺跑去，也不管号兵的跛脚，也不管路人的注意。但没有走到，我已知道那唢呐锣鼓声音，便是由那豆腐铺对面人家传出。我全身发寒，头脑好像被谁重重的打击了一下，耳朵发烘烘的声音。我心想，这才是怪事！才是怪事……

我静静的坐在那豆腐铺的长凳上时接过了朋友给我的一碗热豆浆。豆腐铺对面这个人家大门前已凭空多了许多人，门前挂了丧事中的白布，许多小孩子头上缠了白包头，在门外购买东西吃。我还看到那大鱼缸边，有人躬身用长铗焚着银锭，火光熊熊向上直冒，纸灰飞得很高。

我知道这些事情都是真实，就全身拘挛，然而笑了。

我看看那豆腐老板，这个人这时却不如往天那样乐观，显然也受了一种打击，有点支持不住了。他作为没有见到我的样子，回过脸去。我又看号兵，号兵却做出一种讨人厌烦的样子。不知道为甚么我这时真有点厌烦这跛脚的人，只想打他一拳，可是我到底没有做过这种蠢事。

到后我问，才知道这女子是昨天吞金死的。为甚么吞金，同些什么人有关系，我们当时一点也不明白，直到如今也仍然无法明白。(许多人是这样死去,活着的人毫不觉得奇怪的。)女人一死,我们各人都觉得损失了一种东西,但先前不会说到,却到这时才敢把这东西的名字提出。我们先是很忧郁的说及,说到后来大家都笑了,分手时,我们简直互相要欢喜到相扑相打了。

为甚么使我们这样快乐可说不分明。似乎各人皆知道女人正像一个花盆,不是自己分内的东西;这花盆一碎,先是免不了有小小惆怅,然而当大家讨论到许多花盆被一些混账东西长久占据,凡是花盆终不免被有权势的独占,唯有这花盆却碎到地下,我们自然似乎就得到一点开心了。

可是,回转营里,我们是很难受的。我们生活破坏无余了。从此再也不会为一些事心跳,在一些梦上发痴了。我们的生活,将永远有了一个看不见的缺口,一处补丁,再也不是完全的了。

其实这样女人活在世界上同死去,对于我们有什么关系?假使人还是好好的活下,开差移防的命令一到,我们还有什么希望可言?我们即或驻扎在这里再久,一个跛脚的号兵,一个什长,这两个宝贝,还有什么机会?除了能够同那两只狗认识以外,有何种伟大企图?

第二天,两人很早的就起来,互相坐在铺上对面,沉默无话可说。各人似乎在努力想把自己安置到空阔处去,不再给过去的记忆围困。各人都要生气,却不知道为甚么忽然脾气就坏到这样子。

"为甚么眼睛有点发肿?你这个傻瓜!"

号兵因为我嘲笑他,却不取反攻姿式,只非常可怜的望到我。

我说，"难道人家死了，你还要去做孝子么？"

他还是那样，似乎想用沉默作一种良心的雄辩，使我对于他的行为引起注意。

我了解这点，但是却不放弃我嘲骂他的权利。

"跛子，你真是只癞蛤蟆，吃虫蚁，看天上。"

末了他只轻轻的问我，"二哥，你说，是不是死了的人还会复活？"因为这一句痴话我又数说了他好一顿。

两人到豆腐铺时，却见对面铺门极其冷清，门前地下剩余一些白纸钱。我们的朋友，那个年青老板，人坐在长凳上，用手扶了头，人家来买豆腐时，就请主顾自己用刀铲取板上的豆腐。见我们来了，他有了一点点生气，好像是遮掩自己的伤痕，仍然对我们微笑着。他的笑，说明他还依然有个健康的身体和善良的人格。

"为甚么？头痛吗？"

"埋了，埋了，一早就埋了！"

"早上就埋了么？"

"天还不大亮就出门了的。"

"你有了些什么事情，这样不快乐？"

"我什么也不。"

他说了后，忙着为我们去取碗盏，预备盛豆浆给我们吃。

坐在那豆腐铺子里望着对面的铺子，心中总像十分凄凉，我同号兵坐了一会儿，就离开这个豆腐铺子，走向一个本地妇人处打牌去了。我们从那里探听得这女人所埋葬的地点，在离城两里的鲢鱼庄上。

不知为甚么我一望到那号兵忧郁样子,就使我非常生气要打他骂他。好像这个人的不欢喜样子,侮辱我对那小姑娘的倾心一样。好像他这样子,简直是在侮辱我。我实在不愿意再同他坐在一个桌上打牌了,就回到连上躺在草垫上睡了。

这夜里跛子竟没有回到连上来。他曾告我不想回连上去睡,我以为他一定在那妇人处过夜了,也不觉得希奇。第二天,我还是不愿意出门,仍然静静的躺在床上。到下午来我的头有点发烧,全身也像害了病,心中又不甚想吃喝。吃了点姜糖草药,因为必须蒙头取汗,到全身被汗水透湿人醒来时,天已经夜了。

我爬身到大殿后面去小便,正是雨后放晴,夕阳斜挂屋角,留下一片黄色。天空有一片薄云,为落日烘成五彩。望到这个暮景,望到一片在人家屋上淡淡的炊烟,听到鸡声同狗声,军营中喇叭声,我想起了我们初来此地那一天发生的一切事情。我想起我这个朋友的命运,以及我们生活的种种,很有点怅惘,有点悲哀。有一个疑问的弧号隐藏在心上,对于这古怪人生,不知作何解释,我的思想自然还可以说是单纯而不复杂。

我到后仍然回去睡了,不想吃饭,不想说话,不想思索。我仍然睡下去,不知道有多少久时间,只是把棉被蒙了头颅,隐隐约约听到在楼上兵士打牌吵闹的声音,迷迷糊糊见过许多人,又像是我们已经开了差,已经上了路,已经到了地。过去的事重复侵入我的记忆,使我重新看见号兵跌倒时的神气。醒回时好像有人坐在我的身边。把被甩去,才知道灯已熄灭了,只靠着正殿上的大油灯余光,照得出有一个人影,坐在我身边不动。

"瘸子,是你吗?"

"是我。"

"为甚么这时节才回来?"

他把脸藏在黑暗里,没有做声。我因为睡了许久,出了两次汗,头昏昏的,这时候究竟已经是什么时候,也依然不很分明,就问他这是什么时候。他还是好像不曾听到我的话样子,毫无动静。

过了一会,他才说,"二哥,真是祖宗有灵,天保佑,放哨的差一点一枪把我打死了。"

"你不知道口令么?"

"我那里会知道口令?"

"难道已经是十二点过了么?"

"我不知道。"

"你今晚到些什么地方去,这时才回来?"

他又不做声了。我看见放在米桶上兵士们为我预备的一个美孚灯,把灯头弄得很小,还可以使它光亮,就要他捻一下灯。他先是并不动手,我第二次又请他做这件事。

灯光大了一点,我才望明白这号兵,全身黄泥,极其狼狈。脸上正如刚才不久同人殴打过样子,许多部分都牵掣着显著受伤的痕迹。我奇异而又惊讶,望到这朋友,不知道如何问他这一天来究竟到过些什么地方,做了些什么事情。我的头脑这时也实在还是有点糊涂,因为先一时在迷糊中我还梦到他从石狮上滚下地的情形,所以这时还仿佛只是一个梦。

他轻轻的轻轻的说,"二哥,二哥,那坟不知道被谁挖掘了。"

"谁的坟呢。"

"好像是才挖掘不久的,我看得很清楚。"他的话,带着顽固神气,使我疑心他已经发了狂。

"我说,你说的是什么人的坟?在什么地方,为什么你知道?"

"为甚么我不知道吗?我听人说那大辫子埋在鲢鱼庄,我要去看看。我昨天到过一次,还是很好的。我今天晚上又去,我很分明记到那一条路,那座坟,不知道已经被谁挖了。"

如不是我有点发狂,一定就是我这个朋友发了狂。我明白他所指的坟是谁埋葬在那里了。我像一个疯人,跳了起来,"你到过她的坟上么,你到过她的坟上么?你存什么心?你这畜生……"

这朋友,却毫不惊讶,静静的幽悄的说,"是的!我到过她的坟上,昨天到过,今天又到过。我不是想做坏事的人!我可以赌咒,天王在上,我并不带了什么家伙去。我昨晚上还看到那个土堆,一个上好土馒头,今天晚上全变了。我可以赌咒,看到的是昨晚那座坟,完全不是原有样子。不知谁做了这样事情,不知谁把她从棺木里掏出,背走了。"

我听到这个吓人的报告,却忽然想起一个人来了。但我并不说出口,因为这个人还只在我的心上一闪,就又即刻消失了。我起了一个疑问,以为是这个女子复活,因为重新生回,所以从棺木中挣扎奔出,这时节或者已经跑回家中同她的爸爸妈妈说话了。我又疑心她的死是假的,所以草草的埋葬,到后另外一个人就又把她掘出,把她救走了。我又疑心这事一定在我这个朋友有了错误,因为神经错乱,忘记了方向和地位,第一次同第二次并不是在同一地方,所以才会发生这种误会。我用许多空想去解释,以为这件事并不完全真实。

后来我问他为甚么要到坟边去,他很虚怯,以为我疑心这事他一定已经知道,或者至少事后知道这主谋人是谁,他一连发了七种誓言,要求各样天神作证,分辩他并无劫取女尸的意思。他只是解释他并不预先拿有何种铁器作掘墓的人犯。他极力分辩他的行为。他把话说完了,望见我非常阴沉,眼睛里含有一种疑惧神色,如果我当时还不能表示对他的信托,他一定可以发狂把我扼死。

我的病已完全吓走了,我计算应当如何安置这个行将疯狂另一时又必然疯狂的朋友。我用许多别的话为他解说,且找出许多荒唐故事安慰这个破碎心灵。他的血慢慢的冷静,一切兴奋过去后,就不断的喃喃的骂着一句野话。他告给我他实在也有过这种设想,因为听人说吞金死去了的人,如果不过七天,只要得到男子的偎抱,便可以重新复活。他又告我,第一天他还只是想像他到了坟边,听得到有呼救声音,便来作一次侠义事,从墓中把人救出。第二天,他因为听人说到这个话,才又过那里去,预备不必有呼救声音,也把女人掘出。可是到了那里一看坟头已经完全变了样子,棺木掀盖在一旁,一个空棺张着大口等候吃人。他曾跳进棺里去看过一下,除了几件衣服以外什么也不见。一定是有人在稍一些时候了做了这事情,这人一定把坟掘开,便把女子的尸身背走了。

他已经不再请天神作他的伪证了。他诚实而又巨细无遗的同我说到过去一切,我听完了他这些话,找不出任何话来安慰他了。我对于这件事还是不甚相信;我还是在心中打量,以为这事情一定是各人都身在梦中。我以为即或不是完全作梦,到了明天早上,这号兵也一定要追悔今晚所说的话语,因为这种欲望谁也无从禁止,行诸事实仍然不近人情。他因为追悔他的行为,把我杀死灭口也做得出。我这样想着,不免有所预防,可是,这个人现在软弱得如一个妇人,他除了忏悔什么也不能做了。我们有一个问题梗到心上来了,就是我们此后对于这件事如何处置。是不是要去禀告一声,还尽那个哑谜延长?两人商量了一会,靠着简单的理智,认为这发现我们无权利去过问,且等天明到豆腐铺看看。走了许多夜路的号兵,一只瘸腿已经十分疲倦了,回来又谈了许久,所以到后就睡了。我是大白天睡了一整天的人,这时无论如何也不能再睡了。在灯影下望着这个残废苦闷的脸,肮脏的身,我把灯熄了,坐到这朋友身边,等候天明。

到豆腐铺时间已经不早了,却不见那年青老板开门。昨晚上我所想起的那件事,重新在我心上一闪。门既向外反锁,分明不是晏起,或在家中发生何等事故了。我的想像或将成为事实,我有点害怕,拉了号兵跑回连上,把这估计告给了那起过非凡野心的他。他不甚相信事情一定就是这样子,一个人又跑出了许久,回来时,脸色哑白,说他已经探听了别一个人家,知道那老板的确是昨天晚上就离开了他的铺子的。

我们有三天不敢出去,只坐在草荐上玩骨牌。到后有人在营里传说一件新闻,这新闻生着无形的翅翼,即刻就全营皆知了。"商会会长女儿新坟刚埋好就被人抛掘,尸骸不知给谁盗了。"另外一个新闻,却是"这少女尸骸有人在去坟墓半里的石峒里发现,赤光着个身子睡在洞中石床上,地下身上各处撒满了蓝色野菊花。"

这个消息加上人类无知的枝节,便离去了猥亵转成神奇。

我们给这消息楞住了。我们知道我们那个朋友作了一件什么事情。

从此以后我们再也不曾到那豆腐铺里去,坐在长凳上喝那年青朋友做成的豆浆,再也不曾见到这个年青诚实的朋友了。至于我那个瘸子同乡,他现在还是第四十七连的号兵,他还是跛脚,但他从不和人提起这件事情。他是不曾犯罪的,但另外一个人的行为,却使他一生悒郁寡欢。至于我,还有什么意见没有?……我有点忧郁,有点不能同年青人合伴的脾气,在军队中不大相容,因此来到都市里,在都市里又像不大合式,可不知再往那儿跑。我老不安定,因为我常常要记起那些过去事情。一个人有一个人命运,我知道。有些过去的事情永远咬着我的心,我说出来时,你们却以为是个故事,没有人能够了解一个人生活里被这种上百个故事压住时,他用的是一种如何心情过日子。

菜　园

玉家菜园出白菜,因为种子特别,本地任何种菜人所种的都没有那种大卷心。这原因从姓上可以明白,姓玉本是旗人,菜是当年从北京带来的菜。北京白菜素来著名的。

辛亥革命以前,来城候补的是玉太爷,单名讳琛。当年来这小城时带了家眷也带了白菜种仔。大致当时种来也只是为自己吃。谁知太爷一死,不久革命军推翻了清室,清宗室平时在国内势力一时失尽,顿呈衰败景象。各处地方皆有流落的旗人,贫穷窘迫,无以为生。玉家却在无意中得白菜救了一家人的灾难。玉家卖菜,从此玉家菜园成为人人皆知的地方了。

主人玉太太,年纪有了五十岁,年青时节应是美人,所以到老来还可以从余剩风姿想见一二。这太太有一个儿子是白脸长身的好少年。年纪二十一,在家中读过书,认字知礼,还有世家风范。虽本地新兴绅士阶级,因切齿过去旗人的行为,极看不起旗人,如今又是卖菜佣儿子,很少同这家少主人来往。但这人家的儿子,总仍然有与平常菜贩儿子两样处。虽在当地得不到人亲近,却依然受人相当尊敬。

玉家菜园园地的照料,另雇得有人。主人设计每到秋深便令长工把园中挖窖,冬天来雪后白菜全入窖,从此一年四季城中人皆有大白菜吃。菜园廿亩地方除了白菜也还种了不少其他菜

孩子渴了

蔬,善于经营的主人,使本城人一年任何时节都可得到极好的蔬菜。也便因此,收入数目不小。十年来,因祸得福,渐渐成为小康之家了。

仿佛因为种族不同很少同人往来的玉家母子,由旁人看来,除知道这人卖菜有钱以外,其余一概茫然。

夏天薄暮,这个富于林下风度的中年妇人,穿件白色细麻布旧式衣服,拿把宫扇,朴素不华的在菜园外小溪边站立纳凉。侍立在身边的是穿白绸短衣裤的年青男子。两人常常沉默着半天不说话,听柳上晚蝉拖长了声音飞去,或者听溪水声音。溪水绕菜园折向东去,水清见底,常有小虾小鱼,鱼小到除了看玩就无用处。那时节,鱼大致也在休息了。

动风,晚风中混有素馨兰花香,茉莉花香。菜园中原有不少花木的,在微风中掠鬓,向天空柳枝空处数点初现的星,做母亲的想着古人的诗歌。想不起谁曾写下形容晚天如落霞孤鹜一类好诗句,又总觉得有人写过这样恰如其境的好诗,便笑着问那个男子,是不是能在这样情境中想出两句好诗。

"这景象,古今相同。对它得到一种澈悟,一种启示,应当写出几句好诗的。"

"这话好像古人说过了,记不起这个人。"

"我也这样想。是谢灵运,是王……不能记得,我真上年纪了。"

"母亲你试作七绝一首,我和。"

"那么,想想罢。"

做母亲的于是当真就想下去,低吟了半天,总像是没有文字能解释当前这一种境界。所谓超于言语,正如佛法,心印默契,不可言传,所以笑了。她说:

"这不行。"

稍过,又问,

"少琛,你呢?"

男子笑着说,这天气是连说话也觉得可惜的天气,做诗等于糟塌好风光。听到这样话的母亲莞尔而笑,过了桥,影子消失在白围墙后不见了。

不过在这样晚凉天气下,母子两人走到菜园去,看工人作瓜架子,督促舀水,谈论到秋来的菜种,萝卜的市价,也是很平常的事。他们有时还到园中去看菜秧,亲自动手挖泥舀水。一切不造作处,较之斗方诗人在瓜棚下坐一点钟便拟赋五言八韵田家乐,虚伪真实,相去真不可以道里计。

冬天时,玉家白菜上了市,全城人皆吃玉家白菜。在吃白菜时节,有想到这卖菜人家居情形的,赞美了白菜总同时也就赞美了这人家母子。一切人所知有限,但所知的一点点便仿佛使人极其倾心。这城中也如别的城市一样,城中所住蠢人比聪明人多十来倍,所以竟有那种人,说出非常简陋的话,说是每一株白菜,皆经主人的手抚手摸,所以才能够如此肥茁,这原因是有根有柢的。从这样呆气的话语中,也仍然可以看出城中人如何闪耀着一种对于这家人生活优美的企羡。

做母亲的还善于把白菜制各样干菜,根叶心皆可以用不同方法制作成各种不同味道。少年人则对于这一类知识,远不及其对于笔记小说知识丰富。但他一天所做的事,经营菜园的时间却比看书写字时间多。年青人,心地洁白如鸽子毛,需要工作,需要游戏,所以菜园不是使他厌倦的地方。他不能同人锱铢必较的算账,不过单是这缺点,也就使这人变成更可爱的人了。

他不因为认识了字就不作工,也不因为有了钱就增加骄傲。对于本地人凡有过从的,不拘是小贩他也能用平等相待。他应当属于知识阶级,却并不觉得在作人意义上,自己有特别尊重读书人必要。他自己对人诚实,他所要求于人的也是诚实。他把诚实这一件事看做人生美德,这种品性同趣味却全出之于母亲的陶冶。

日子到了应当使这年青人定婚的时候了,这男子尚无媳妇。本城的风气,已到了大部分皆男女自相悦爱才结婚,然而来到玉家菜园的仍有不少老媒人。这些媒人完全因为一种职业的善心成天各处走动,只愿意事情成就,自己从中得一点点钱财谢礼。因太想成全他人,说谎自然也就成为才艺之一种,眼见用了各样谎话都等于白费以后,这些媒人方死了心,不再上玉家菜园。

然而因为媒人的串掇,以及另一因缘,认识过玉家青年人,愿意作玉家媳妇私心窃许的,本城女人却很多很多。

二十二岁的生日,作母亲的为儿子备了一桌特别酒席,到晚来两人对坐饮酒。窗外就是菜园,时正十二月,大雪刚过,园中一白无际。已经摘下还未落窖的白菜,全成堆的在园中,白雪盖满,正像大坟。还有尚未摘取的菜,如小雪人,成队成排站立雪中。母子二人喝了一些酒,谈论到今年大雪同菜蔬,萝卜白菜皆须大雪始能将味道转浓。把窗推开了。

窗开以后园中一切皆可望到。

天色将暮,园中静静地。雪已不落了,也没有风。上半日在菜畦觅食的黑老鸹,不知到什么地方去了。母亲说:

"今年这雪真好!"

"今年刚十二月初,这雪不知还有多少次落呢。"

"这样雪落下人不冷,到这里算是希奇事。北京这样一点点雪可就太平常了。"

"北平听说完全不同了。"

"这地方近十年也变得好厉害!"

这样说话的母亲,想起二十年来在本地方住下的经过人事变迁,她于是喝了一口酒。

"你今天满二十二岁,太爷过世十八年,民国反正十五年,不单是天下变得不同,就是我们家中,也变得真可怕。我今年五十,人也老了。你爹若在世,就太好了。"

在儿子印象中只记得父亲是一个手持"京八寸"人物。那时吸纸烟真有格,到如今,连做工的人也买美丽牌,不用火镰同烟杆了。这一段长长的日子中,母亲的辛苦从家中任何一事皆可知其一二。如今儿子也教养成人了,二十二岁,命好应有了孙子。听说"母亲也老了"这类话的少琛,不知如何,忽想起一件心事来了。他蓄了许久的意思今天才有机会说出。他说他想过北京。

北京方面他有一个舅父,宣统未出宫以前,还在宫中做小管事,如今听说在旗章胡同开铺子,卖冰,卖西洋点心,生意不恶。

听说儿子要到北京去,作母亲的似乎稍稍吃了一惊。这惊讶是儿子料得到的,正因为不愿意使母亲惊讶,所以直到最近才说出来。然而她也挂念着那胞兄的。

"你去看看你三舅,还是做别的事?"

"我想读点书。"

"我们这人家还读什么书?世界天天变,我真怕。"

"那我们俩去!"

"这里放得下吗?"

"我去三个月又回来,也说不定。"

"要去,三年五年也去了。我不妨碍你。你希望走走就走,只是书,不读,也不甚么要紧。做人不一定要多少书本知识。像我们这种人,知识多,也是灾难!"

这妇人这样慨乎其言的说后,就要儿子喝一杯,问他预备过年再去还是到北京过年。

儿子说赶考,是今年走好,且乘路上清吉,也极难得。

虽然母亲同意远行,却认为事情不必那么匆忙,因此到后仍然决定正月十五以后,再离开母亲身边。把话说过,回到今天雪上了,母亲记起忘了的一桩事情,她要他送一坛酒给做工人,因为今天不是平常的日子。八个工人喝着酒时,都很快乐。

不久过年了。

过了年,随着不久就到了玉琛动身日子了。信早已写给北京的舅父,于是坐了省河小轿,到××市坐车,转武汉,再换火车,到了北京。

时间过了三年。

在这三年中,玉家菜园还是玉家菜园。但渐渐的,城中便知道玉家少主人在北京大学读书,极其出名的事了。其中经过自然一言难尽琐碎到不能记述。然而在本城,玉家还是出白菜。在家中一方面稍稍不同了的,是作儿子的常常寄报纸回来,寄书回来,作母亲的一面仍然管理菜园的事务,兼喂养一群白色母鸡,自己每天无事时,便抓玉米喂鸡,与鸡雏玩,一面读从北京所寄来的书报杂志。

地方一切新的变故甚多,革命,北伐,……于是死到野外无人收尸因而烂去了的英雄,全成了志士先烈。……于是地方的党部工会成立了。……于是马日事变年青人都杀死,工会解散党部换了人。……于是北京改成了北平。

地方改了北平,北方已平定,仿佛真命天子出世,天下快太平了,在北平地方的儿子,还是常常有信来,寄书报则稍稍少了一点。

在本城的母亲,每月寄六十块钱去,同时写信总在告给身体保重以外顺便问问有不有那种相合的女子可以订婚,母亲年纪渐老,自然对于这些事也更见其关心。大热天,三年来的母亲还是同样的不失林下风度。因儿子的原故,多知了许多时事,然而一切外形,属于美德的没有一种失去。且因一种方便,两个工人得到主人的帮助,都接亲了。母亲把这类事告给儿子时,儿子来信说这样作很对。

儿子也来过信,说是母亲不妨到北平看看,把菜园交给工人,是一样的。虽说菜园的事也不一定放不下手,但不知如何,这老年人总不曾打量过北行的事。

当这母亲接到了儿子的一封信,说本学期热天可以回家来住一月时,欢喜极了。来信还只是四月,从四月起作母亲的就在家中为儿子准备一切。凡是这老年人想到可以使儿子愉快的事皆计划到了。一到了七月,就成天盼望远行人的归来。又派人往较远的××市去接他,又花了不少钱为他添办了一些东西,如迎新娘子那么期待儿子的归来。

如期儿子回来了,更出于意外惊喜的,是同时还有一个媳妇回来。这事情直到进了家门母亲才知道,一面还在心中作小小埋怨,一面把"新客"让到自己的住房中去,作母亲的似乎人年青了十岁。

见到脸目略显憔悴的儿子,把新媳妇指点给两个工人夫妇,说"这是我们的朋友"时,母亲欢喜得话说不出。

儿子回家的消息不久就传遍了本城,美丽的媳妇也不久就为本城人全知道了。因为是从北京方面回来的,虽然绅士们的过从仍然缺少,但渐渐有绅士们的儿子到玉家菜园中的事了。还有本地教育局,在一次集会中,也把这家从北平回来的男子与媳妇请去开会了。还有那种对未来有所倾心的年青人,从别的事情上知道了玉家儿子的姓名,因为一种倾慕,特邀集了三五同好来奉访的事了。

从母亲方面看来,儿子的外表还完全如未出门以前,儿子已慢慢是个把生活插到社会中去的人了。许多事皆仿佛天真烂漫,凡是一切往日的好处完全还保留在身上,所有新获得的知识,却融入了生活里,找不出所谓迹。媳妇则除了像是过分美丽不适宜于做媳妇值得忧心以外,简直没有疵点可寻。

时间仍然是热天,在门外溪边小立,听水听蝉,或在瓜棚豆畦间谈话,看天上晚霞,五年前母子两人过的日子如今多了一人。这一家仍然仿佛与一地方人是两种世界,生活中多与本城人发生一点关系,不过是徒增注意及这一家情形的人谈论到时一点企羡而已。

因为媳妇特别爱菊花,今年回家,拟定看过菊花,方过北平,所以作母亲的特别令工人留出一块地种菊花,各处寻觅佳种,督工人整理菊秧,母子们自己也动动手。已近八月的一天,吃过了饭,母子们皆在园中看菊苗,儿子穿一件短衣,把袖子卷到肘弯以上,用手代铲,两手全是泥。

母亲见一对年青人,在菊圃边料理菊花,便作着一种无害于事极其合理的祖母的幻梦。

一面同母亲说北平栽培菊花的,如何使用他种蒿草干本接

菊　花

枝，开花如斗的事情，一面便同蹲在面前美丽到任何时见及皆不免出惊的夫人用目光作无言的爱抚。忽然县里有人来说，有点事情，请两个年青人去谈一谈。来人连洗手的暇裕也没有留给主人，把一对年青人就"请"去了。从此一去，便不再回家了。

做母亲的当时纵稍稍吃惊，也仍然没有想到此后事情。

第二天，作母亲的已病倒在床，原来儿子同媳妇，已与三个因其他原故而得着同样灾难的青年人，陈尸到教场的一隅了。

第三天，由一些粗手脚汉子为把那五个尸身一起抬到郊外荒地，抛在业已在早一天掘就因夜雨积有泥水的大坑里，胡乱加上一点土，略不回顾的抗了绳扛到衙门去领赏，尽其慢慢腐烂去了。

做母亲的为这种意外不幸晕去数次,却并没有死去。儿子虽如此死了,办理善后,罚款,具结,她还有许多事得做。三天后大街上贴了告示,才使她同本城人同时知道儿子是××党,仿佛还亏得衙门中人因为想到要白菜吃,才没有把菜园充公。这样打量着而苦笑的老年人,不应当就死去,还得经营菜园才行,她于是仍然卖菜,活下来了。

秋天来时菊花开遍了一地。

主人对花无语,无可记述。

玉家菜园或者终有一天会改作玉家花园,因为园中菊花多而且好,有地方绅士和新贵强借作宴客的地方了。

骤然憔悴如七十岁的女主人,每天坐在园里空坪中喂鸡,一面回想一些无用处的旧事。

玉家菜园从此简直成了玉家花园。内战不兴,天下太平,到秋天来地方有势力的绅士在园中宴客,吃的是园中所出产的素菜,喝着好酒,同赏菊花。因为赏菊,大家在兴头中必赋诗,有祝主人有功国家,多福多寿,比之于古人某某典雅切题的好诗,有把本园主人写作卖菜媪对于旧事加以感叹的好诗,好诗皆题壁,或镌石,预备嵌墙中作纪念。名士伟人,相聚一堂,人人尽欢而散,扶醉归去,各人回到家中一定还有机会作与五柳先生猜拳照杯的梦。

玉家菜园改称玉家花园,是主人在儿子死去三年后的事。这妇人沉默寂寞的活了三年,到儿子生日那一天,天落大雪,想这样活下去日子已够了,春天同秋天不用再来了,忽然用一根丝绦套在颈子上,便缢死了。

新与旧

（光绪……年）

日头黄浓浓晒满了教场坪,坪里有人跑马。演武厅前面还有许多身穿各色号衣的人,在练习十八般武艺。到霜降时节,道尹必循例验操,整顿部伍,执行升降赏罚,因此直属辰沅永靖兵备道各部队都加紧练习,准备过考。演武厅前马札子上坐得是千总同教官,一面喝茶,一面点名。每个兵士俱有机会选取合手行头,单个儿或配对子舞一回刀枪。驰马尽马匹入跑道后,纵辔奔驰,真个是来去如风,人在马上显本事,便用长矛杀球,或回身射箭。看本领如何,博取采声和嘲笑。

战兵杨金标,名分直属苗防屯务处第二队。这战兵在马上杀了一阵球,又到演武厅来找对手玩"双刀破牌"。执刀的虽来势显得异常威猛,他却拿着两个牛皮盾牌,在地下滚来滚去,真像刀札不着,水泼不进。相打到十分热闹时,忽然一个红褂子传令兵赶来,站在滴水檐前传话:

"杨金标,杨金标,衙门里有公事,午时三刻过西门外听候使唤!"

战兵听到使唤,故意卖个关子,向地下一跌,算是被对手砍倒了,赶忙抛下盾牌过去回话。传令兵走后,这战兵到马门边歇憩,大家一窝蜂拥过去,皆知道今天中午有案件要办,到时就得过西门外去砍一个人的头。原来这人一面在教场坪营房里混事,一面在城里大衙门当差,不止马上平地有好本领,还是一个当地最优秀的刽子手。

吃过饭后,这战兵身穿双盘云青号褂,包一块绉丝帕头,带了他那把尺来长的鬼头刀,便过西门外等候差事。到响午时,城中一连响了三个小猪仔炮,不多久,一队人马就拥来了一个被吓得痴痴呆呆的汉子,面西跪在大坪中央,听候发落。这战兵把鬼头刀藏在手拐子后,走过棚公案边去向监斩官打了个千,请示旨意。得到许可,走近罪犯身后,稍稍估量,手拐子向犯人后颈窝一擦,发出个木然的钝声,那汉子头便落地了。军民人等齐声喝采;(对于这独传拐子刀法喝采!)这战兵还有事作,不顾一切,低下头直向城隍庙跑去。

到了城隍庙,菩萨面前磕了三个头,赶忙躲藏到神前香案下去,不作一声,等候下文。

过一会儿,县太爷带领差役鸣锣开道前来进香。上完香,一个跑风的探子,忙匆匆的从外边跑来,跪下回事:"禀告太爷,城外某处有一平民被杀,尸首异处,流血遍地,凶手去向不明。"

县太爷虽明明白白在稍前一时,还亲手抹朱勒了一个斩条,这时节照习惯却俨然吃了一惊,装成毫不知情的神气,把警堂木一拍,"青天白日之下,有这等事?"

即刻差派员役,城厢各处搜索,且限令出差人员,得即刻把人犯捉来。又令人排好公案,预备人犯来时在神前审讯。那作刽子手的战兵,估计太爷已坐好堂,赶忙从神桌下爬出,跪在太爷面前请罪。禀告履历籍贯,声明西门城外那人是他杀的,有一把杀人血刀呈案作证。

县太爷把警堂木一拍,装模作样的打起官腔来问案。刽子手一面对杀人事加以种种分辩,一面就叩头请求太爷开恩。到结果,太爷于是连拍惊堂木,喝叫差役"与我重责这无知乡愚四十红棍!"差役把刽子手揪住按在冷冰冰四方砖地下,"一五一十""十五二十"那么打了八下,面对太爷禀告棍责已毕。一名衙役把个小包封递给县太爷,县太爷又将它向刽子手身边掼去。刽子手捞着了赏号,一面叩头谢恩,一面口上不住颂扬"青天大人禄位高升"。等到一切应有手续当着城隍爷爷面前办理清楚后,县太爷便打道回衙去了。

一场悲剧必需如此安排,正合符了"官场即是戏场"的俗话,也有理由。法律同宗教仪式联合,即产生一个戏剧场面,且可达到那种与戏剧相同的快乐目的。原因是边疆僻地的统治,本由人神合作,必在合作情形下方能统治下去。即如这样一件事情,当地市民同刽子手,就把它看得十分慎重,尤其是那四十下杀威棍,对于一个刽子手似乎更有意义。统治者必使市民得一印象,即是官家服务的刽子手,杀人时也有罪过,对死者负了点责任。然而这罪过却由神作证,用棍责可以禳除。这件事既已成为习惯,自然会好好的保存下来,直到社会一切组织崩溃改革时为止。

刽子手砍下一个人头,便可得三钱二分银子。领下赏号的战兵,回转营上时必打酒买肉邀请队中兄弟同吃同喝,且与众人讨论刀法,讨论一个人挨那一刀前后的种种,并摹拟先前一时与县正堂在城隍庙里打官话的腔调取乐。

——战兵杨金标,你岂不闻王子犯法,应与庶民同罪?一个战兵,胆敢在青天白日之下,持刀杀人!

——青天大人容禀……

——鬼神在上,为我好好招来!

——青天大人容禀……

于是喊一声打,众人便揪成一团,用筷头乱打乱砍起来。

战兵年纪正二十四岁,尚是个光身汉子,体魄健康,生活自由自在,手面子又好,一切皆来得干得,对于未来的日子,便怀了种种光荣的幻想。"万丈高楼从地起",同队人也觉得这家伙将来不可小觑。

* * *

(民国……年)

时代有了变化,前清时当地著名的刽子手,一口气用拐子刀团团转砍六个人头不连皮带肉,所造成的奇迹不会再有了。时代一变化,"朝廷"改称"政府",这个小地方毙人时常是十个八个,因此一来,任你怎么英雄好汉,切胡瓜也没那么好本领干得下。被排的全用枪毙代替斩首,于是杨金标变成了一个把守北门城上闩下锁的老土兵。他的光荣时代已经过去,全城人在寒暑交替中,把这个人同这个人的事业早完全忘掉了。

他年纪已六十岁,独身住在城门边一个小屋里。墙板上还挂了两具盾牌,一付虎头双钩,一枝广式土枪,一对护手刀;全套帮助他对于他那个时代那分事业倾心的宝贝。另外还有两根钓竿,一个鱼叉,一个鱼捞兜,专为钓鱼用的。一个葫芦,常常有半葫芦烧酒。至于那把杀人宝刀,却挂在枕头前壁上。(三十年前每当衙门里要杀人时,那把刀先一天就会来个预兆。一入了民国,这刀子既无用处,预兆也没有了。)这把宝刀直到如今一拉出鞘时,还寒光逼人,好像尚不甘心自弃的样子。刀口上尚留下许多半圆形血痕,刮磨不去。老战兵日里无事,就拿了它到城上去,坐在炮台头那尊废铜炮身上,一面晒太阳取暖,一面摸挲它,赏玩它。

城楼上另外还驻扎了一排正规兵士,担负守城责任。全城兵士早已改成新式编制,老战兵却仍然用那个战兵名义,每到月底就过苗防屯务处去领取一两八钱银子,同一张老式粮食券,银子作价折钱,粮食券凭券换八斗四升毛谷子。他的职务是早晚开闭城门,亲自动手上闩下锁。

他会喝一杯酒,因此常到杨屠户案桌边去谈谈,吃猪脊髓川汤下酒。到沙回回屠案边走一趟,带一个羊头或一付羊肚子回家。他懂得点药性,因此什么人生疱生疮,托他找药他必很高兴出城去为人采药。他会钓鱼,也常常一个人出城到碾坝上长潭边去钓鱼,把鱼钓回来焖好,就端钵头到城楼上守城兵士伙里吃喝,大吼几声五魁八马。

大六月三伏天,一切地方热得同蒸笼一样,他却躺在城楼上透风处打鼾。兵士们打拳练"国术",弄得他心痒手痒时,便也拿了那个古董盾牌,一个人在城上演"夺槊""砍拐子马"等等老玩意儿。

城下是一条长河,每天有无数妇人从城中背了竹笼出城洗衣,各蹲在河岸边,扬起木杵捣衣。或高卷裤管,露出个白白的脚肚子,站在流水中冲洗绵纱。河上游一点有一列过河的跳石,横亘河中,同条蜈蚣一样,凡从苗乡来作买卖的,下乡催租上城算命的,割马草的,贩鱼秧的,跑差的,收粪的,连牵不断从跳石上通过,终日不息。对河一片菜园,全是苗人的产业,绿油油的菜圃,分成若干整齐的方块,非常美观。菜园尽头就是一段山冈,树木郁郁苍苍。有两条大路,一条翻山走去,一条沿河上行,皆进逼苗乡。

城脚边有个小小空地,是当地卖柴卖草交易处,因此有牛杂碎摊子,有粑粑江米酒摊子。并且还有几个打铁的架棚砌炉作生意,打造各式镰刀,砍柴刀,以及黄鳝尾小刀,与卖柴卖草人作生意。

老战兵若不往长潭钓鱼,不过杨屠户处喝酒,就坐在城头铜炮上看人来往。或把脸掉向城里,可望见一个小学校的操坪同课堂。那学校为一对青年夫妇主持,或上堂,或在操坪里玩,城头上全望得清清楚楚。小学生好像很欢喜他们的先生,先生也很欢喜学生。那个女先生间或把他们带上城头来玩,见到老战兵盾牌,女的就请老战兵舞盾牌给学生看。(学生对于那个用牛皮作成绘有老虎眉眼的盾牌,充满惊奇与欢喜,这些小学生知道了这个盾牌后,上学下学一个个悄悄的跑到老战兵家里来看盾牌,也是常有的事。)有时小学生在坪子里踢球,老战兵若在城上,必大声呐喊给输家"打气"。

有一天,又是一个霜降节前,老战兵大清早起来,看看天气很好,许多人家都依照当地习惯大扫除,老战兵也来一个全家大扫除,卷起两只衣袖,头上包了块花布帕子,把所有家业搬出屋外,下河去提了好些水来将家中板壁一一洗刷。工作得正好时,守城排长忽然走来,要他拿了那把短刀赶快上衙门里去,衙门里人找他有要紧事。

铁 匠

他到了衙署,一个挂红带子的值日副官,问了他几句话后,要他拉出刀来看了一下,就吩咐他赶快到西门外去。

一切那么匆促,那么乱,老战兵简直以为是在梦里。正觉得人在梦里,他一切也就含含糊糊,不能加以追问,便当真跑到西门外去。到了那儿一看,没有公案,没有席棚,看热闹的人一个也没有。除了几只狗在敞坪里相咬以外,只有个染坊中人,挑了一担白布,在干牛屎堆旁歇憩。一切全不像就要杀人的情形。看看天,天上白日朗朗,一只喜鹊正曳着长尾喳喳喳喳从头上飞过去。

老战兵想,"这年代还杀人吗?真是做梦吗?"

敞坪过去一点有条小小溪流,几个小学生正在水中拾石头捉虾子玩,各把书包搁在干牛粪堆上。老战兵一看,全是北门里小学校的学生,走过去同他们说话,

"小先生,小先生,还不赶快走,这里要杀人了!"

几个小孩子一齐抬起头来笑着,

"什么,要杀谁?谁告诉你的?"

老战兵心想,"真是做梦吗?"看看那染坊晒布的正想把白布在坪中摊开,老战兵又去同他说话,

"染匠师傅,你把布拿开,不要在这里晒布,这里就要杀人!"

染匠师傅同小学生一样,毫不在意,且同样笑笑的问道:

"杀什么?你怎么知道?"

老战兵心想,"当真是梦么?今天杀谁,我怎么知道?当真是梦我见谁就杀谁。"

正预备回城里去看看,还不到城门边,只听得有喇叭吹冲锋

号。当真要杀人了。队伍已出城,一转湾就快到了。老战兵迷迷胡胡赶忙向坪子中央跑去。一会子队伍到了地,匆促而沉默的散开成一大圈,各人皆举起枪来向外作预备放姿势,果然有两个年纪轻轻的人被绑着跪在坪子里。并且一个是男人,一个是女人,脸色白僵僵的,一瞥之下这两个人脸孔都似乎很熟习,匆剧间想不起这两人如此面善的理由。一个骑马的官员,手持令箭在圈子外土阜下监斩。老战兵还以为是梦,迷迷胡胡走过去向监斩官请示。另外一个兵士,却拖他的手,"老家伙,一刀一个,赶快赶快!"

他便走到人犯身边去,擦擦两下,两颗头颅都落了地。见了喷出的血,他觉得这梦快要完结了,一种习惯的力量使他记起三十年前的老规矩,头也不回,拔脚就跑。跑到城隍庙,正有一群妇女在那里敬神,庙祝哗哗的摇着签筒。老战兵不管如何,一冲进来爬在地下就只是磕头,且向神桌下钻去。庙里人见着那么一个人,手执一把血淋淋的大刀,以为不是谋杀犯也就是杀老婆的疯子,吓得要命忙跑到大街上去喊叫街坊。

一会儿,从法场上追来的人也赶到了,同大街上的闲人七嘴八舌一说,皆知他是守北门城的老头子,皆知道他杀了人,且同时断定他已发了疯。原来城隍庙的老庙祝早已死了,本城人年长的也早已死尽了,谁也不注意到这个老规矩,谁也不知道当地有这个老规矩了。

人既然已发疯,手中又拿了那么一把凶刀,谁进庙里去说不定谁就得挨那么一刀,于是大家把庙门即刻倒扣起来,想办法准备捕捉疯子。

石子碎了眼睛花了

老战兵躲在神桌下,只听得外面人声杂乱,究竟是什么原因完全弄不明白。等了许久,不见县知事到来,心里极乱,又不知走出去好还是不走出去好。

再过一会儿,听到庙门外有人拉枪机柄,子弹上了红槽。又听到一个很熟悉的妇人声音说,"进去不得,进去不得,他有一把刀!"接着就是那个副官声音,"不要怕,不要怕,我们有枪!一见这疯子,尽管开枪打死他!"

老战兵心中又急又乱,不知如何是好,只是迷迷胡胡的想,"这真是个怕人的梦!"

接着就有人开了庙门,在门前大声喝着,却不进来。且依旧搬动枪机,俨然即刻就要开枪的神气。许多熟人的声音也听得很分明。其中还有一个皮匠说话。

又听那副官说,"进去!打死这疯子!"

老战兵急了,大声嚷着:"嗨嗨,城隍老爷,这是怎么的!这是怎么的!"外边人正嚷闹着,似乎谁也不听见这些话。

门外兵士虽吵吵闹闹,谁都是性命一条,谁也不敢冒险当先闯进庙中去。

人丛中忽然不知谁个厉声喊道:"疯子,把刀丢出来,不然我们就开枪了!"

老战兵想,"这不成,这梦做下去实在怕人!"他不愿意在梦里被乱枪打死。他实在受不住了。接着那把刀果然唰的一声响抛到阶沿上去了。一个兵士冒着大险抢步而前,把刀检起。其余人众见凶器已得,不足畏惧,齐向庙中一拥而进。

老战兵于是被人捉住,胡胡涂涂痛打了一顿,且被五花大绑起来吊在廊柱上。他看看远近围绕在身边像有好几百人,自己还是不明白做了些什么错事,为什么人家把他当疯子,且不知等会儿有什么结果。眼前一切已证明不是梦里,那么刚才杀人的事也应当是真事了。多年以来本地就不杀人,那么自己当真疯了吗?一切疑问在脑子里转着,终究弄不出个头绪。有个人闪不知从老战兵背后倾了一桶脏水,从头到脚都被脏水淋透。大家哄然大笑起来。老战兵又惊又气,回头一看原来捉弄他的正是本城卖臭豆豉的王蹽子,倒了水还正咧着嘴得意哩。老战兵十分愤怒,破口大骂:"王五,你个狗肏的,今天你也来欺侮老祖宗!"

大家又哄然笑将起来。副官听他的说话,以为这疯子被水浇醒,已不再痰迷心窍了,方走近他身边,问他为什么杀了人就发疯跑到城隍庙里来,究竟见了什么鬼,闯了什么邪气。

"为什么?你不明白规矩?你们叫我办案,办了案我照规矩来自首,你们一群人追来,要枪毙我,差点儿我不被乱枪打死!你们做得好,做得好,把我当疯子!你们就是一群鬼。还有什么鬼?我问你!……"

……

军部玩新花样,处决两个共产党,不用枪决,来一个非常手段,要守城门的老刽子手把两个人斩首示众。可是老战兵却不明白衙门为什么要他去杀那两个年青人。那一对被杀头的,原来就是北门里小学校两个小学教员。

小学校接事的还不来,北门城管锁钥的职务就出了缺——老战兵死了。军队里于是流行着那个"最后一个刽子手"的笑话,无人不知,并且还依然传说那家伙是痰迷心窍白日见鬼吓死的。

烟　斗

下午五点钟,王同志从被服厂出来到了大街上。

四点钟左右,稽查股办事室中,那个像是怜悯这大千世界,无时不用着一双忧愁眼睛看人的总稽查,正同他谈话。他站在那要人办事桌前面,心中三四五六不定,那个人,一面做些别的事,一面随意询问着这样那样,他就谨谨慎慎一一答应。有时无意中反质那个人一句,因为话语分量略重,常常使那汉子仿佛从梦中醒转身来,更忧愁的瞅着他,没有什么回答,就像是表示"已经够了,不许多言"的神气,他这样在稽查室中整整消磨了一点钟,到后一切已问清楚,那总稽查才说"王同志,我们事明天再谈,"他就出来了。

到了街上,他仍然不忘记那些质问的话语。记起那总稽查的询问,同时那个人很可笑的极端忧郁的神态,也重现到他的回想上来。他把平时走路的习惯稍稍变更了,因为那询问意义,过细想来却并不如那汉子本身可笑。

平时他欢喜在一些洋货铺子前面站站,又很满意那些烟铺玻璃窗里陈列的深红色大小烟斗,以及灰色赭色的小牛皮烟荷包。他虽然不能够从这样东西上花个三块五块钱,却因为特别关心,那些东西的价值,每件都记得清楚明白。他站在窗外时,一面欣赏那些精致的烟具,一面就把那系在物品上面小小圆纸片,用铅笔写好的洋码弄得清清楚楚,间或有另外什么人也挨近窗边,对烟斗引起了同样趣味,却有想明白这东西价钱的神气——不消说,那时恰是系在货物上的小纸片有字一面覆着的时候,——他先看看这个人,看出不是本地的空头了,就像是为烟店花钱雇来职员那么热心亲切的来为另一人解释,第某号定价若干,某号烟斗又如何与某号烟丝袋相配。他毫不自私,恰恰把自己所欢喜的都指点给了别人。更不担心别人万一看中了意,把这烟斗买去。

从这些小事上,就可以看出这汉子的为人可爱处。但今天他却不再注意烟斗烟袋了。虽然从那铺子前面过身,见有人正在那里欣赏烟斗,也不把脚步稍停,来为人解释价钱作义务顾问了。

想起了稽查处受盘问的事情,他的心情起了小小变动。

他只想回转家里去,似乎一到了家,向那小小住房中唯一的一张旧木太师椅上一坐,面对单色总理遗相,和壁上挂的石印五彩汉寿亭侯关云长像,以及站立在汉寿亭侯身后露出一个满脸野草似的胡子大睁圆眼的周仓憨样子,在这个相熟的环境中,心一定,凡事就有了解决希望了。

一回想起稽查室的一席话,他心被搅乱了。他为人心平气和,不敢惹事生非,为甚么那稽查长把他喊去,问他"属于何党"这件事?为甚么还盘问在"工厂办事以外还做些什么事"的话?为甚么同时还用着那全然绝望的眼睛,像非常悲悯的瞅着自己?经稽查长一问,他一面自然得诚诚实实的把自己属于办事以外的许多行为都告给那要人,他因为那稽查长似乎不需要知道从他工厂回家中路上那一段情形,所以他生活上一切几几乎都说尽了,却不曾把留恋到烟铺外面的一件事提起。他隐昧了这样一件小小秘密,那稽查长自然全不注意。问题不是这件事。他心乱的却是正当那人问他属于何党何派时,他记起了三天前所抄写的一件公文,知道开除了一个同志,这办事人开除的详细理由虽不明白,但那考语上面股长却加了一行"××是××份子。"他知道近来总经理和副理事长属的党系,总以为这人被开除原因,完全是股长批的结果。因为派别不同,被服厂虽属国有,然而小组织的势力近日在任何事业任何机关中,都明目张胆的活动,既然与厂长系统不同,随时就有被开除的危险。因此一来,他就有点软弱,仿佛非赶忙回到住处,想不出保护自己的方法。

他在厂中每月拿薪津四十四元。每日的职务是低着头流汗抄写册表公事,除了例假平时不能一日过九点钟到厂。劳作与报酬之不相称,正如其他地方其他机关的下级办事人一样,有时看来,真为这些人的忍耐服从种种美德惊讶。因为生活的羁绊,一月只能拿这样一点点钱,所住的地方又是生活程度最高的地方。照例这些人虽有不少在另一时也受过很好的教育,或对党务尽过力,有过相当的训练,但革命成功的今日,他们却只有一天一天愚蠢下来,将反抗的思想转入到拥护何人即可以生活的打算上,度着一种很可悲的岁月了。在这样情形下的他,平庸无能显着旧时代衙门中公务人员的性格,无事时但把值不到十块钱的烟斗作为一种幸福的企求,稍有风声,又为事业动摇感到一种不遑宁处的惶恐,也是很自然的了。

回到了家里,他没有事作,等候包饭处送饭来,就把一册《古诗选》取出来读一读。左太冲《咏史》，阮步兵《述怀》，信手翻去，信口来读，希望从古人诗句中得到一点安慰，忘记公文程式。正咿咿哦哦读时，那赤膊赤脚肮脏到极点的小子，从楼梯口出现，站在他房外轻轻的叩着门喊，"先生先生饭来了！"正读着《前出塞》诗的他，仍然用读诗的声音说，"小孩，饭拿进来！"肮脏小子推门进到再不能容第三个来人的小亭子间，连汤带水把两个仿佛从十里外拿来的冰冷的下饭菜，放在预先铺了一张《申报》纸的方桌上去，病猫似的走了，他就开始吃饭。饭一吃过，收了碗放到门外梯边，等那孩子来取。这时候，二房东已经把电灯总开关开放，他开了灯，在灯下便一面用那还是两年前到汉口花六毛钱买来的烟斗，吸着乌丝杂拌烟，一面幻想起什么时候换一个好烟斗一类事情。

他的日子过得并不与其余下级办事人两样，说起来也就并不可以引起他人注意和自己注意的理由。不过今天实在不同了一点，他自己不能不注意到自己这些情形来了。

他觉得心上画圈儿老不安宁，吃过了饭，看书无意思，吸烟也似乎无意思。

问题是：假如明天到厂就有了知会，停了职，此后怎么办？

想了半天，没有得到解决。墙上的总理不做声，汉寿亭侯也不做声，周仓虽然平素莽憨著名，这时节对他却完全没有帮助。仿佛诸事已定，无可挽回。

一切真好像无可挽救，才作退一步想。他身边还积得有六十五块大洋钱，是每月三块两块那么积下的。因为这钱，他隐约在自己将来生活上看出了一点光明。他可以拿这个钱到北平去。他想；那里是旧都，不比这势利地方。……他还想，那里或者党也如地方一样，旧的好处总还保留了一些。到了那里，找得一个两个熟人，同去区部报到，或者可以希望得到一点比这里反而较有希望的工作。这时既不以为自己的希望是愚蠢的希望，就对于停职的事稍稍宽了心。

……总理很光荣的死了，而且很热闹的埋了，没有死的为了××而活，为了××而……

这样胡胡涂涂的想下去，便睡着了。

第二天，因为睡眠极好，身心已健康了些，昨天事仿佛忘记了，仍然按时到厂中去，坐在自己原有位置上，等候科长把应办公事发下来，便动手作事。纸预备好了，墨磨好了，还无事可作，就用吸墨纸包了铜笔帽擦着，三个铜笔帽都闪着夺目的银光。

一个办公室中同事全来到了，只有科长还不来。

他想起了昨天的事，询问近身一张桌上周同志：

"周同志，昨天稽查长叫你过去问话没有？"

周同志不懂这句话的意义，答非所问。他说他不曾作错什么事，不会过稽查股去。

"你听说我们这里什么风声没有？我好像听说改组……"

"这事情可不明白。你呢？"

他想了一下，抿口莞尔而笑。

笑过后又复茫然如有所失，因为他仿佛已经被停了职，今天是最后到这里来的一天了。他忽然向那同事说，

"我要走了。"

"要高升么？"

"那不是。恐怕非走不可。因为我是个××,你知道的。和老总不同系,我们老总是×××。古人说:'道不同不相为谋,'不相为谋,那就只各自挟卵走路。"

"你到甚么地方去?"

"远了,我想过北平,因为余叔岩杨小楼……——"

"一定要去么,那我来饯行,明天还是后天到福兴居吃馆子,自己定日子罢。"

"不忙。不一定!"

"还不批准么?"

"我不是告假。"

"但不听说要换什么人,你不要神经过敏。"

"昨天有人把我叫到稽查处去。问了半天。"

因为照习惯,没有什么问题的人,是不会叫到那地方取供问话的。所以听到他被问了许多,周同志也觉得有点不对了,才开始注意他那要过北平的话中意义。

周同志用着一个下级办事员照例对于党对于一切所能发生的小小牢骚,发挥着那种很可怜的无用议论,什么"应当澈底改组呀,""应当拥护某同志回国呀,""应当打倒某某恶化势力呀,"完全一些空话。这样说着,一面像是安慰了王同事,一面自己胸中也就廓然一清了。

一会儿,科长来了。把帽脱了。大衣脱了。口含着淡黄色总统牌雪茄烟,大踏步到桌边去,开始办公。年纪还轻的科长,完全如旧官僚习气,大声喝着应答稍迟的工友,把一叠拟稿妥贴应当送过老总处画行的公文推到工友手上去。两手环抱公文的公丁,弯着腰一句话不说,从房中出去了。(这公丁,今天比平时不同,留到王同志脑中的是一个灰色憔悴的影子。)他还得等候那公丁返身时才有公文可抄,就在这空暇中生出平常所没有的对科长的反感。好像正面侧面全看过了,这科长都不应当这样很自然的把旧时代官僚资本家的脾气拿来对待厂中的工友。况且还据说是从外国受着好教育回来,一面在平时尚常常以极左倾同志自居,有这样子脾气就尤其不合理。

可是这科长的行为,并不是今天才如此,唯独在今天,才为他注意到罢了。他虽然极不平的把那被科长凌辱了的工友用同情的眼光送出去,仍然得小心听着那科长呼唤。他猜想科长今天必定有什么话对他说,而所说到的又必与自己职务相关,就略显矜持在自己位置上,且准备着问题一发生时,如何就可以在一句反质言语中,做到仿佛一击使这科长感到难堪的事。

这些无言语的愤怒,这些愚而不智的计划,在科长那一面说来,当然是意外,决没料想到。

同事之一被科长"周同志""周同志"的喊过去,把科长请客单一叠拿上手退回原处后,咯咯咯咯的磨着墨,砚石就在桌上发着单调的极端无聊的声音。事情不要他作,其中好像就有一种特别原因,他把这原因仍然放到自己要停职那一件事上去。他明白科长是××××而他却是××。科长口上喊他"同志,"就像出于十分勉强。

过了许久,送文件的公丁还不曾回来,与往日情形似乎稍稍不同。

科长扬扬长长走过三楼副理事长室去了。

他听科长皮鞋声音已上了楼梯,就叫唤坐在前面的同事,

"周同志,又是请客帖子?"

"王同志,哈,这一叠!"说时这办事人举起那未曾写过的请客帖,眉毛略皱,表示接受这份意外差事近于小小冤屈。

"请他些什么人?"

"谁知道?让我念念罢,(这人就把请客柬一纸总单念着)王处长仙舟,周团长蓬甫,宋委员次珊……好热闹事情,下星期四,七点半,这一场热闹恐怕要两个月薪水罢。"

他听同事数着客单上的名字,且望到这同志而兼同事脸上的颜色,不知如何一来却对这人也生出种极大反感。便显得略略生气的说,

"周同志,这事你可做可不做,为什么不拒绝这件差事?"

周同志笑了,好像不明白他说拒绝的理由。他对那同志脸上望了一会,再低头自己把砚腹注了多量的水,露着肘,咯咯咯咯磨起墨来了。他用力磨墨,不许自己想别的事。一会儿,科长回来了,公丁也回来了,还依然用力把墨磨着。

科长像是刚从副理事长处来,对他有一种不利处置,故意作成和气异常的样子,把公文亲自送到他桌边来。若在往日这种事他将引为一种荣宠,今天却不以为意。

科长说:"王同志,你今天有什么事情在心上,好像不大高兴?"

他斜眼看了科长一眼,表示不需要这种安慰。

科长不以为意,又像是故意取笑他,"王同志,我听理事长说,似乎你有调到稽查股的事情。这是升级,你不知道这件

事么?"

"升级么,要走就走。我姓王的革命十年,什么不见过——"像有什么东西咽在喉边,说不下去了。

他显然是在同科长开始作一种反抗,大有"拉倒"的神气。可是科长是故作夷然无事,笑着说,"王同志,升级是可贺喜的一件事!"

那个在写请客柬的同事,听到了,记起先前他所说的要走的话,暂时放下了工作。"王同志,科长说您高升,这应当是真事。"

他回过头来看着写客单的周同志,努力装着一种近于报仇的刻毒样子,毫不节制自己的感情说,

"我又不会巴给人,帮人白尽过义务,那里会得人在上司前保举。"

"王同志,你怎么说——"

"我怎么样?你说我怎么的?姓王的顶天立地,声家清白,不吸雅片烟,不靠裙带……"

科长说,"王同志,你今天……"

"总而言之要走就走,谁也不想这里养老,把这事当铁饭碗。"

办公室空气骤见紧张,使三个人心中都非常不安。那年青科长,对这办事员今天的脾气有点异常,还以为是先前说到升级使他疑心受了讥笑,以为是运动旁人的结果。写请客柬的周同志,则以为王同志是在讥诮他代科长办私事。至于他自己呢,又以为是两人皆知道了他行将停职,故意把被叫到稽查股问话的事情提出来,作为开心嘲笑。

风波无端而来,使三人都误会了。年青的科长,不欲再在这不愉快事情上加以解释,觉得这小办事员没有受过多少教育,不能在分派公文外多谈一句话,就气势不凡的坐到自己桌上办公去了。

他把科长所分派的三件公函同两件答复外省询问购买呢制军服办法的回信原稿一一看着,心中非常颓丧。科长妄自尊大的神气,尤给他心中难堪。他想在通知未到以前,应当如何保留自己一点人格。他想用言语来挽回他认为在科长面前已经失去的尊严。因为他自觉是一个忠实同志,一个因为不能同流合污被人排挤的人物。

要他把公文如平时一般做下去,在他是办不到的事。他一面看着公事,却一面想他的心事。

过一会科长在屋角一方很冷淡的用着完全上司的口吻,不自然的客气的向他说话,

"王同志,那两件信你写好了,请先送过来。那是急要的两件,今天就得寄发。"

本来已经在开始动手了,一听这话,反而把笔捏着不接写下去了。他有得到一个同科长挺嘴的机会。他喊那正在低头写"月之几日"请客帖的同事,

"周同志,我同你说,若果你那请客帖不急要,这两件公文,我们两个人一个办一件如何?"

那同事听到了,望着科长。科长也听到了,只鼻子动动冷冷的笑着。

他这时节已准备一切决裂,索性把写就的一张信笺捏成一

团丢到桌下去,曲肘在桌上,扶着个大头,抓弄头上的短发。

科长沉默的把烟含在口里,像在计划一种对于这不敬的职员的处置,另一老同事本来是同他站在一条线上,对于被驱使有着同忾,这时节仿佛被他一说,也站到科长一边去了。

大家无话可说,都非常勉强按捺到自己火性。科长虽说年少气甚,然而因为年青,仍然没有失去作学生的本色,这时节也就不知道要怎样拿出所谓上司的身分,只好沉默着。

总务股送通知的人来了。照例接过通知,应在回单簿上盖章,是王同志办的事,今天却由那周同志代做。同事把通知接过手,大略一看,不作声,送给科长去了。

看过通知的科长,冷笑着,把通知随意搁放在一旁。过了好一会才开口说道,

"王同志,今天你是最后到这里了,你高升了。过去半年,大家能够同心合作努力,真真难得。你高升了。"

他明白对于他停职的处分通知已来了,脸发着烧,放下了笔,走到科长这一面来,看通知上所写的是些什么考语。

看过通知他愕然了。

他明白他错误了。因为通知单上写得是这汉子意外的几句话。王世杰同志,忠于职务,着调稽查股,月薪照原数支领另加二十四元。……写得非常明白,毫不含忽。

忽然感着兴奋,他望着科长,"科长,科长,我真是个老胡涂,我真是个王八蛋。"科长不作声,掉过头去看一件公文。

"我错了,科长。我以为是因为……被停职!"

"赶快把事情备好,等着你!"

一天风云消散,仿佛为补救自己在科长面前的过失,把公文寄完后,他咬着下唇还很高兴的为科长写一部分请客柬。一面写,一面心上说,"我真是个呆子!只胡思乱想!"就不惜在一些过去了的事务上找出许多自嘲的故事。且痛切的想着近于赊望的幸福。在街窗的一面,留连于烟斗烟袋那些事,也全想到了。

第二天,他的办公地当真移到稽查股了,因为一点事情过××科,照习惯好像作客,见旧科长和同事时,他口中却衔着一个芝麻黑色不灰木烟斗,颜色很新。周同志问,"王同志,甚么时候买的,多少钱?"

他不答话,却把一个崭新的灰色皮包从中山装口袋里掏出,很细致的拉着那皮包上的镀银细炼条,皮包开了口,同事才知道是贮烟丝的荷包。

因为纪念这升级,他当天晚上下了大大决心,将贮蓄总数六分之一的十元数目,买了一套吸烟用具了。若果这个人善于回忆自己心情上的矛盾时,在这烟斗上,他将记忆到一些近于很可笑的蠢事。北平近来怎么样了呢?不管它怎么样,他没有旁想过北平了。有了这样精细烟具的他,风度气概都与前些日子大不相同了。

失　业

还不是忙的时候,局子里怪清静,人怪闲。新近接事不久的长途电话局管理员大忍,坐在墙角隅,管着那个传递文明的古怪机器,白瓷盘儿,铜条子儿,钉儿点儿,线儿丝儿,以及一串小灯泡,心中纳闷。他有点睡眠不足,消化不良,又似乎正在生谁的气。是的,他有点生气。一份新的生活压着他很沉重,很紧,他为这个生气。他正在写他的日记,记载昨天下午一个兵士打电话催烟款,和商贩相骂的一段情形。军人与烟贩合作,把毒物派销到县里,商人照例得个二八回扣。到时烟款不能缴足,一面急于要钱,一面无从设法,结果说不清,只得破口大骂。就是那么会事!和这种事相差不多的,每天有一件两件。

那日记上写着一片胡涂的言语,写了一段,他自己看看,很生气,还有继续应写的也不再写了。就顺手把前些日子写下的开翻来看看。

　　……说不明白是什么气运,我竟会来到这小县分里作电话局管理员。做这件事得有多大一个肚子,才装得下所受的闷气!这也是人干的?纵横数百里内牵上从外洋来的铜丝,各处冲要地方装上这种复杂接线机同传话机,"哈罗","哈罗","好呀","好呀",工程司把"文明利器"装好,通了话,已无毛病,回省城同哇哇洋行办交涉分回扣去了。于是这方面择吉开张,县长,传达,肉铺掌柜的,王三家蹶子老婆,娘娘庵尼姑,不拘谁一位掏出两角钱,"先生,你背章程给我听,接……""我这里只八十四个铜子,少四大枚,先生你做好让我几个钱,接一接,我少说句话!"你要他自己读章程罢,不成,教育还不普及,王大娘不认识字。你要把钱凑足数吧,可怜的事,那八十四枚还正是各处凑来的。接慢了,那县公署传达会打官腔说你"延误公事",那怕算印子钱也是公事。还有军队里大爷们的电话,一开口就是:"接线的,你妈个东西,耳朵被鸡巴塞住了?"告他耳朵只是被嘴上的话堵住吧,那就有数。好好的告他原因,这些人可不是要明白"原因"的人。这是些挨骂挨打,立正站岗,剿匪骂娘,每月领三块四毛饷项,毫无正当职业,古里古怪活在中国叫作"副爷"的人物!

　　这是训练人明白做中国人的一个真的大学校,我应当学下去,我应当忍耐苦学下去。这职业将告给我中国是什么样子,有些什么,想在中国活下去的人,得明白多数人如何在那里活。……

管理员大忍还只是个年纪二十一岁的小伙子,刚从省立高中毕业,毕业后不即升学,恰好省里注重建设,长途电话网刚成就,公开招考职员,六百人中拔取三十名那么拔萃拔优挑出来。中了选,方分发到这小县城来办事。多少人羡慕这个有保障有出息的好职业,多少人希望这位置却抢不到手!
　　事实上呢,这职业是宜于为其他人歆羡的。如像那种愿意在社会上多学点,有勇气准备认识"人生",而又期望将来用他的脑子同手过写作生涯的人,真是一个再好没有的机会了。请想想,难道还有别的人比这个长途电话局管理员的耳朵更有经验?这是一个地方腐烂的灵魂交换总机关,什么下流话瞒得过接话人,什么新鲜古怪事不知道。尤其是那几个衙门,凡关于衙门里的玩意儿,纳贿,以多报少,作奸犯科,打官司讨价还价,……一切不名誉而在中国又公认为极其自然的种种事情,需由电话中打商量办交涉的,谁都明白这事瞒天瞒地可不能瞒电话局。

也就因此,一县里各机关全愿意同电话局要好,把电话局做个心腹知己,对管理员一面无理麻烦,一面客客气气。

至于平民,则这些人正因为无知识,还不配使用这个文明利器,虽事事同管理员打麻烦,然而对于管理员也怀了一种畏惧,正如同他们对于邮政局电报局的办事人员一样,不怕官,只怕管。电话局虽两毛钱一回给她们传话,却可以管住他们说话。用"没有空线"和"时候到了"对抗那种好麻烦人的人,不管你是乡巴老或是城里人,奈何他不得。使电话局职员束手的是兵,但兵的事情却全盘在电话局管理人手里。

这管理员想起昨天军队剿匪的报告,心里大不舒服。看看时间还差三点多钟方有生意忙,就走出了办事室,到外面去看看街。电话局对面一家面粉铺,一个大胖子掌柜站在一张板凳上,小学徒扶着凳脚,正准备作周年纪念大减价的纸招。几个无事混的闲汉子,皆在街上袖手看热闹。街东有一个水塘,一妇人正赶鸭子过街,似乎送鸭子下水。一个穿灰军装的副爷从弄里跑出来,装作很惊讶的神气,对那三只鸭子看了一会,看中了意后,又看看妇人,便大踏步走过去追赶那鸭子,一面说,

"嗨,老子那里找到你,你这这扁毛畜生会飞,居然飞到这个地方来了!"

妇人一看情形不对,就追着兵士身后说,"怎么,怎么,你抢我鸭子! 不成,这是我的!"

兵士眼尖手快,已捞着一只白毛鸭子的颈子,"这是我的! 你偷我的鸭子,我要问你个收买赃物的……"

妇人大嚷,"不成,不成,副爷,你不能拿走,这是我的! 我养大的!"

那兵士也便同样大声嚷着,"你养大的,你个婊子婆娘,偷了我鸭子还说谎,同我过东岳宫去!"

东岳宫是十殿阎王的衙门,如今却正驻扎有四十五军百×十团队伍。妇人稍稍楞了一阵,那兵士乘此抱着鸭子却走去了。妇人于是坐在塘边幽幽的哭将起来,看热闹的汉子走过妇人身边去,有些还笑笑的,看妇人拭眼泪,却和一个人说什么。

电话局那一个也走过妇人身边去,妇人却不哭了。有谁开口问:"这鸭子是你的?"

妇人说:"怎么不是我的!"

"是你的你去要回来!"

"我怕他们打我。算了,青天白日见鬼。"妇人仿佛用宿命观安慰着自己,一面便轻轻的骂着:"粮子上人全是抢匪,强盗,挨刀砍的,枪打的,"接着且扬起响杆,口中喽喽喽喽赶那两只鸭子下塘去了。

电话局管理员本预备问问妇人的,见妇人情形便不再说什么,就走回局里去。

回到电话机旁时,心里想,"这女子一定是个土娼,夜里兵士抱了鸭子来睡觉,沾了便宜,大白天又把鸭子捉回去,不然岂有大白天抢鸭子的道理。"

看看时间还早,心中为先前一件事很不愉快,终想走出去问问那个妇人,鸭子究竟是被兵士抢了,还是她先用下体抢兵士鸭子,到后方被兵士用武力索回。一到局门外,便见着辛夷集乡长,正骑了匹健白乌云盖雪大骡子来到局门前。两人原认识一面,管理员大忍还不曾开口,乡长就在骡上欠身打拱说:

"先生,早,早,早!"

"乡长早!"

乡长一下了骡子又说,"麻烦,请接接我们集里。"

线接好了,乡长叫集里师爷说话,电话局那一个才知道这个乡长是昨天上城来报告集里有个青年土匪李三,请派队去捉匪的。军队大清早就出发了,一个大队长,两个副队长,一百二十名副爷。这乡长认真办事,还嘱咐师爷队伍由他招待!这不是儿戏,一百二十人的食量,实在可观!

电话打过后,乡长说说天气人事,匆匆跨上骡子赶回辛夷集去了。电话局管理员大忍望着乡长骡后跟了个乡下人,挑了那一大担粉条肉菜,便自言自语说,"积点德,让这个姓李的走路,不是省事多了吗?"他知道队伍一出发,不止乡长办招待是件平民费钱的差事,到后还有那个报告,那种由电话传递到上峰,照例夸张不近人情的战事报告,结果才到凯旋献俘那一套。这一切皆俨然有个公式,不可免的,因为一切是"习惯",也就是"命运"。

到了下午,辛夷集电话果然来了。大队长的口气,叫接公署。虽把线转接县政府,局里的办事人还是一一听得分明。这报告尚得局里抄录一份,留备存查。

"……该李三率领匪众,顽强桃拒,经士兵奋勇上前,将其擒获。余匪五名见势不佳,方各向……逃去。此役共用去子弹约六百粒,坏枪一枝,我部队幸无伤亡。……"

一会儿,县公署的电话又接专员公署,县长同专员说话,

"……一闻报告,职即亲率部队下乡……共耗费子弹约一千粒。"

好生意! 抄了三次同样报告,不到的说到,没有的说有,战事既越说越厉害,子弹耗费也就越说越多。无怪乎报上说这些人剿匪那么认真,下乡那么勤快!

第二天,耳根一撮毛的大队长,最先来到电话局。

"辛苦,辛苦! 队长下乡辛苦!"

"那里话,应该的。地方上事不办行吗? 你们这边倒真是辛苦! 这局里做生意营业,又得作军事方面的……"

官话打完了,接着说一点私话。

管理员大忍问:"队长,那土匪怎么的? 听人说是个了不起的飞檐走壁之徒!"

"唉,别说了,什么张三李三,飞檐走壁好本领。一个瘦小子,就只那么一个瘦小子,不知打那儿发了顺水,冒得两杆盒子,回到家乡来避风。既从不在本乡犯案,也就想不到有人卖他的水。直到队伍围庄时,这小子还呆呆的在秋秸上晒太阳。本地不做案,有什么亏心? 和贺! 来了,小子明白有人走水,队伍是来弄他的时候,就向秋垛上爬,好的,两杆盒子皆上了红槽,拍拍拍动了手。这不容易办吗? 一百二十个对一个,活捉张三,水缸里摸田螺,还费事?'好兄弟,不要火,寨子围上了。把盒子丢下

来,有话好说。'这小子看看,当真围上了,人识相,两杆盒子全抛下来了。人缚好了后拴在马槽旁打了一顿。……周乡长说:'队长,队长,辛苦辛苦,盒子留下来,我改天另外呈报县里。这是一百二十块洋钱,弟兄喝茶。你我好哥子弟兄,那个那个好说话。'……"

"多大年岁?"

"二十二岁,好一条汉子!"

"解上城里来了吗?"

"嗨,解上城来干吗?我问你。上城里来,那一百二十块钱是做什么用的。"

"那你们报销子弹?"

"一共打了五夹半。"

"嗨,就那个了吗?"

"还不是嚓的一下……不那个,留下个活口有我们好处?先生你真是……"

……

电话局管理员大忍,给他家乡的哥哥写信说:我不干了!我不干了!我不干了!哥哥来信说:不干了吗?好的,咱们想法过北京升学罢,干不了让别人干罢。

于是这个青年人当真就失了业。

(附注:这篇文章刊载于《水星》廿四年第二卷,是根据一个不相识的朋友作品改写成的,不敢掠美。)

知　识

哲学硕士张六吉，一个长江中部某处小地主的独生子。家中那份财产能够由他一手支配时，年龄恰满二十岁。那年正是"五四运动"的一年。看了几个月上海北京报纸，把这个青年人的心完全弄乱了。他觉得在小城里蹲下毫无意义，因此弄了一笔钱，离开了家乡。照当时的流行口语说来，这个人是"觉悟"了的分子，人已觉悟，预备到广大的世界来奋斗的。

他出外目的既在寻求知识，十多年来所得到的知识，当真也就很不少了。凡是好"知识"他差不多都知道了一点。在国内大学毕业后又出国在某国一个极负盛名的大学校里，得了他那个学位。他的论文为"人生哲学"，题目就证明了他对于人生问题这方面知识的深邃。他的学问的成就，多亏得是那大学校研究院一个导师，尽力指导，那是个世界知名的老博士。他信仰这个人如一个神。

他同许多人一样，出了学校回国来无法插进社会。想把自己所学贡献给社会，一时节却找不着相当事业。为人纵好，社会一切注重在习惯，可不要你那么一个好人。

他心想：没有机会留在大都市里，不妨事，不如回到我那个"野蛮"家乡去看看吧。那野蛮家乡，正因为在他印象中的确十分野蛮，平时他深怕提起，也从不梦想到有一天会再回转那个家乡。但如今却准备下乡了。

他记起自己，记起家乡，觉得有点忧郁。他担心回到家乡去无法生活。他以为一面是一群毫无教育的乡下人，一面是他自己。要说话，无人了解，有意见，无人来倾听这个意见。这自然不成。

他觉得孤独。一个人自觉知识过于丰富超越一切时，自然极容易陷于这种孤独里。他想起尼采聊以自慰。离家乡越近时，他的"超人"感觉也越浓厚。

离家乡三天路上，到了一个山坳里，见一坝山田中有个老农夫在那里锄草，天气既热，十分疲累，大路旁树荫下却躺了个青年男子，从从容容在那儿睡觉。他便休息下来，同那老农攀谈：

"天气热，你这个人年纪一大把了，怎不休息休息？"

"要吃的，无办法，热也不碍事！"

"你怎不要那小伙子帮一手，却尽他躺在树荫下睡觉，是什么意思？"

那老的仍然同先前一模一样的，从从容容的说道："他不是睡觉。他死了。先前一会儿被烙铁头毒蛇咬死了。"

他吓了一大跳，过细看看身边躺下这一个，那小子鼻端上正有个很大麻苍蝇。果然人已死掉了。赶忙问："这是谁？"

老农夫神气依然很平静，很从容，用手抹了抹额上汗水，走过树荫下来吸烟。"他是我的儿子。"说时一面捞了一手，把苍蝇歹住了，摘下一张桐木叶，盖到死者脸上去。

"是你的儿子！你说的是当真？儿子死了你不哭，你这个老古怪！……"他心想着，可不曾说出口来。

但那点神气却被老农夫看到了,像自言自语,又像同城里那一个说话的神气。

"世界上那有不死的人。天地旱捞我们就得饿死,军队下乡土匪过境我们又得磨死。好容易活下来! 一死也就完事了。人死了,我坐下来哭他,让草在田里长,好主意!"

他眼看到老农夫的样子,要再说几句话也说不出口,老农夫却又下田赶他的活去了。

他临走时,在田中的那一个见他已上了路,就说:

"大爷,大爷,你过前面寨子,注意一下,第三家门前有个土坪坝,就是我的家。我姓刘,名叫老刘,见我老婆请就便告她一声,说冬福死了,送饭时送一个人的饭。"

他心想,"你这老古怪不慈爱的老糊涂人! 儿子被蛇咬死了,竟像看水鸭子打架,事不干已,满不在乎,还有心吃中饭,还吝啬另一个人的中饭!"

到周家大寨时,在一个空坪坝里,果然看到两个妇人正在一付磨石旁糜碎豆子。他问两个妇人,刘家住在什么地方。两个妇人同时开口皆说自己便是刘家人,且询问有什么事情找刘家人。

"我并无别的事情,只是来传个话儿。"他说得那么从容,因为他记起那个家主在意外不幸中的神气。接着他大声说道:"你们家中儿子被蛇咬死了!"

他看看两个妇人又说下去,"那小伙子被蛇咬后死在大路旁。你们当家的要我捎个信来……。"

两个妇人听完了这消息时,颜色不变,神气自如,表示已知道了这件事情,轻轻的答应了一个"哦"字。仍然不离开那磨石,还是把泡在木桶里的豆子,一瓢一瓢送进石孔里去,慢慢的转动那磨石。

那分从容使传话的十分不平。他说,"这是怎么的?你们不懂我说的话?不相信我的话?你们去看看,是不是当真有个人死在那里!"

年纪老些的妇人说,"怎不明不白?怎不相信?死了的是我儿子,不死的是我丈夫。两人下田一人被毒蛇咬死了,这自然是件真事!"

"你不伤心,这件事对于你一定——"

"我伤什么心?天旱地捞我们就得饿死,军队下乡土匪过境我们又得磨死。好容易活下来!死了不是完了?人死了,我就坐下来哭,对他有何好处,对我有何益处?"

那老年妇人进家里去给客人倒水喝去了,他就问那个比较年轻的妇人,死者是她什么人。

"他是我的兄弟,我是他的姐姐。"

"你是他的姐姐?两个老的,人老心狠可不用提了。同气连枝的姊弟也不伤心?"

"我为什么伤心?我问你……。"

"你为什么不伤心?我问你。"

"爸爸妈妈生养我们,同那些木排完全一样。入山斫木,缚成一个大筏。我们一同浮在流水里,在习惯上,就被称为兄弟了。忽然风来雨来,木筏散了,有些下沉,有些漂去,这是常事!"

一会儿,来了一个年纪二十来的乡下人,女的问那男子说:

"秋生秋生,你冬福哥哥被蛇咬死了,就是这个先生说的。"

那小子望了望张六吉,"是真的假的?"

"真的!"

"那真糟,家里还有多少事应当作,就不小心给一条蛇咬死!"

张六吉以为这一家人都古怪得不大近人情,只这后生还稍稍有点人性。且看看后生神气很惨,以为一定非常伤心了,一点同情在心上滋长了。

"你难受,是不是?"

"他死了我真难受。"

"怎么样?你有点……"

屋后草积下有母鸡生蛋,生蛋后带了惊讶神气,咯大咯只是叫,飞上了草积。那较年轻的妇人,拖围裙擦手赶过屋后取热鸡蛋去了。

后生家望望陌生人,似乎看出了一点什么,取得了陌生人的信托,就悄悄的说:

"他不能这时就死,他得在家里作事,我才能够到……我那胡涂哥哥死了,不小心,把我们计划完全打破了。……"他且说明这件事原是两人早已约好了的。

他说了一件什么事情?那不用问,反正这件事使张六吉听到真吃了一大惊。乡下人那么诚实,毫不含忽,他不能不相信那乡下人说的话。他心想,"这是真的假的?"同先前在田里所见一样,只需再稍稍注意,就明白一切全是真事了!

……

临走时他自言自语说"这才是我要学的!"到了家乡后,他第一件事是写信给他那博学多闻的先生说:

"老骗子,你应当死了,你教我十来年书,还不如我那地方一个大字不识的乡下人聪明。你是个法律承认的骗子,所知道的全是活人不用知道的,人必需知道的你却一点不知道!我肯定说你是那么一个大骗子。"

第二件事是把所有书籍全烧掉了。

他就留在那个野蛮家乡里,跟乡下人学他还不曾学过的一切。不多久,且把所有土地分给了做田人。有一天,刘家那小子来找他,两人就走了。走到那儿去,别人都不知道。

也许什么地方忽然多了那么两个人,同样在挨饿,受寒,叫作土匪也成,叫作疯子也成,被一群人追着赶着公处都跑到了,还是活着。

也许一到那里,便倒下死了。反正像老刘说的,死的就尽他死了,活的还是要好好的活。只要能够活下去,这个人大约总会好好的活下去的。

薄　寒

她是本市第×中学的史地教员。

得到一个信,她就哭了。几天来她非常想哭。每月同样的,一到了初十,人便不大高兴,既从不与人发生争执,生活仍然是习惯上的几种;到第三教室去上国语,到西城去赴会,到师大去看老同学,……一切照常,却特别容易生气,容易倦,容易哭。没有人知道她这个脾气。但她要谁知道呢?密司周,密司凌,或者——全没用处。甚么人也不曾得罪她。她没有冤屈,也无须乎要谁体恤或关照。

她把那个来信念着:

……我想死了,这世界我实在没有用处。

……我不同她们玩,又不同他们说,无一个人知道我。

……天气很好。有时冷,有时热,大家都忙。我太闲了。

……我常常想男子都是蠢东西。

信无意思。情感琐碎,观念紊乱。这是一个在山东女子师范作教员的旧日同学写来的信,说的是未嫁人女子极普通的悒郁的心被一种暧昧欲望所烦恼时的种种感觉。

这时节她若写信给谁,也就必然那样说的。她不明白她需要什么,缺少什么。一种固定的工作,一些属于人情通常的过往,一些琐事的消磨,都感到厌烦。平时能发生兴味的,到这时节她也觉得无聊。她应当作什么?凡是女子,对于虚荣,对于金钱,对于衣饰,对于一个半生不熟男子从某一种暧昧意义出发而来的殷勤,她似乎都无用处。她有钱,又有相当的地位。衣服并不与流行的时髦相反。最后,是男子一点爱了。这个更多。

因为仪容在中人以上,同时不缺乏一种好性情,各方面同事,注意集中了。同事男子中,自然就不缺少那伴在路上走时使路人燃烧妒嫉的火的俊伟温存人物。然而这些人却似乎与她隔得很远很远。

同事极多,许多人在她面前都红过脸。许多人因为她一到这学校,成为另一人了。……这些事,她看得很明白。一个年龄过了二十岁的女人,平时既身心健康,获过完全教育的机会,那慧心柔情,在其他事业即无所表现,关于检察男子的心的方向,是照例秉赋着一种特殊本能的。天赋的静柔的气质,更具有对男性特殊的敏感。她看见一切。就因为"看见",他伤心了。

许多人都在那里做诗写小说,想爱人也需要别人爱他。许多可怜的自白,在杂志上登载出来,勇敢荒唐到使人不敢相信。许多因失恋而自杀的新闻,每日都可见到。社会上一种超跃制度律动,有力的,摇撼到她的心。若是有一种比文字还来得顽固的力量,想征服了她,她是愿意被征服的。她时常想像自己投降到那种近于野蛮的热情下时的光荣。她心上需要一种压迫,这压迫当出之于男子直接的、专私的、无商量余地的那种气概。但是,她的生活中,没有这些遭遇。把这些说为"灾难"时,虽不缺少这遭遇"灾难"的资格,那种真的或仿佛是真的"灾难",却从不曾来到头上。关于这件事她的过去是一页白纸,简直没有过去。

面前男子一群,微温,多礼貌,整洁,这些东西全是与热情离远的东西。在他们方以为可以胜利奏凯的行为,客气的行径呀,委婉的雅致的书信呀,略带自夸的献媚呀,凡是用在社交场中必须具有绅士风度的行为,都有人作过。出乎意料以外是他们的失败。他们并没有人明白这失败理由。他们都以为一个女人,心上壁垒全不缺少重叠,所谓克服这壁垒的战术者,第一,是"温柔"。第二,还是温柔。一面因为自卫的谨慎,胆小到使女人见来可笑,这温柔有什么用?可以"无用"为基,由"怜悯"而得到女人的倾心相从,在习惯中自然也有不少人,居然如此处置自己到一个幸福乐园中去。然而希望她,那是不行了。她不需要男子什么,就是不需要这种自作多情微温小量的男子。

时已深秋天气。凡把春天同夏天虚度的一切人,幸福的梦,生活锐变的希望,近于荒唐的设计,完全秋天一般衰落了。一切在夏天还缺少勇敢的心,想在她心上培下爱情的种子的男子,到此时来以为这事完全无望,在挫折中度着比本来更悒郁的生活。一切本来尚知道荒唐,或想学荒唐的男子,以为看错了人,承认失败,注意到其他方面去了。春天夏天就没有在某一男子面前解释自己的气力的她,到这时,自然也更无机会了。

她老是在一种荒唐的幻想上驰骋,却从没有把自己生活放在一种具体的梦想上面,也没有把梦想放在一种现实的熟人身上。一切人类的纠纷,正像于她全无关系。她显得有点孤僻,可不在行为孤僻上加以辩护。她不讨厌男子,可不将任何方便颜色给那些孱弱男子。她决不是一个荡妇,可是并不拒绝一种极端的放荡的迫害。她就等候这样的人。她的贞节是为这勇敢的热情的男子保留,也将牺牲到这种迫害上面的。

这时,她哭着。她觉得烦恼。她不能睡。她不愿找人谈话。

只有跑出去,预备一个人到一个可以独自坐下无人纠缠的什么幽僻地方,去大哭一场,把郁积泄尽。

她觉得有点冷,身上的衣太薄,就加上一件夹氅,拿了钱包,有意不让同事中人注意,走出了学校。谁知在校门前就遇到一个同事,向她点头行礼,本来上课时无结结巴巴习气,这时节却结结巴巴的想说什么又说不出口,只做成那不体面的憨笑,拘谨到与年龄衣服皆十分不相称。他问她到什么地方去,意思是若有命令,愿意奉陪。她露着讨嫌的卑视的眼睛望一望,傲然的一笑,就匆匆离开这个地方与这个人了。

到了路上。许多学生见了她,都向她敬礼。她以为二十岁左右的年青人应当卤莽,应当有一颗心在习惯的压力下跃起反抗,应当有些达不到的野心,谁知同事把这些学生教成如他自己一样,也全是想在有礼貌上使人感到好处,全显得近于虚伪和油滑的神气。

见一个学生对她行礼,她就想:又是一个伪君子,感谢你的老师罢。一个蠢东西,一个什么也不懂的东西! 行路的学生何尝无那野心扩张为她的美丽所苦恼的人? 他们行礼,他们不躲避,何常不是一种不端方的行为的表现？然而人全是那样康健年青的人,为甚么却无一个人能把世俗中所谓"斯文"除去,取一种与道德相悖驰的手段,迸牺牲一切作注,求达到一握手或一拥抱的事？因为名分上是先生,于是连心上的侵犯也不敢,她对于这些无希望的年青人,更感到一种说不分明的嫌恶。

她到大街上去,秋天的街,各处所见全是瓜皮,一种吃剩了的残余,一种渣滓,她感到自己的生活有同样情调,就上了车。

到×××去玩,玩了一阵。看人。看树。看得秋独先的辞枝病叶,在平地上被风所刮,碎步跑去的情形。她又去看鱼,鱼也憔悴了,不知为什么。游人全是绅士。真的绅士则古貌盎然,携妻带妾,儿子成群。假的绅士则脸儿极白,衣裳整洁,眼睛各处溜转不定。她对于假绅士的印象比其他还坏。她故意坐到一个无人的地方去,为假绅士溜转的眼睛见到了,独自或两个,走过来,馋馋如狗的卑鄙的神气,从不知打什么地方学来的屠头行止,心儿紧紧,眼睛微斜,停了一停,看看不是路,仍然又悠悠走去了。其中自然就有不少上等人,不少教授,硕士同学士。他们除了平时很有礼貌以外,就是做这些事。他们就是做恋诗的诗人。他们就是智识阶级。智识把这些人变成如此可怜,如此虚伪。

她又见到一些兵士,来到此地的兵士,也全是规矩到异常可笑,全不与一般人概念中的兵士德性相称。

后来走到温室中去。一些花,从温室中培养成功的,没有强烈的香,也缺少刺目的色,等于那普遍流行的爱情,毫无意思。

然而她坐到温室中了。来这里坐下的人少,过路的人却很多,她可以用眼睛看他人的一切。她记起刚才见到的那个军官学校模样的学生,在女人面前走过身时连头也不抬的情形,完全不与平时"奸淫掳掠"的传说中军人相近。军人当真是以杀人放火为生活的么?军人比在城市中培养出来的人还坏么?善于造谣的,有智识做造谣与作恶工具的,所做的事一切比军人合乎情理么?他们的勇敢是打仗。简单的朴素的,为一件看来全无意义的牺牲。他们作过了,并不夸张也不掩饰。他们从不辩解别人所加到他们头上的罪恶,他们无阴谋,也并无预定的计划。他们……

其时又来了一个军人。一个长脸的,有一种乡下人的气分,属于北方人型的汉子。双手插在马裤口袋里,沉沉的脚步,踏着砖地,目向前视,若在思想一种与身体壮伟相称的心事,又过去了。她心上感受一点轻微的压迫。壮观的朴素的美在眼前晃着。她望到这人转了个弯,不见了,像心上掉了一点看不见的东西。她想:这是能杀人的人。想着,汉子却回头了,仍然是沉沉的脚步,踏着砖地,从面前走过。仿佛是每一个脚步的重量全落在她心上。她沉默着,目送这巨大的灰色背影,消失到一个花格子门后面。她仍然想:这是能杀人也能……

寂寞袭上心来了。

仿佛没有其他办法比尽这人来侵犯自己威胁自己一阵更好。

一种荒唐的想像在眼前开展。她觉得她需要那一个军人。

她愿意被人欺骗,愿意被弃,愿意被蹂躏,只要这人是有胆气的人。别人叩头请求还不许可的事,若这人用力量来强迫她时,她甘心投降。她并不迷醉到此后一种幸福来献身于人。她能做的事她不要人感谢。她只是期望一个顽固的人,用顽固的行为加到她身上,损失的分量是不计较的。她要的是与人间本性的对面,因为她,便失去了一切拘束,来做那合乎本性的事。

一种惊心动魄的波澜,一种流泪流血的机会,是她所期待的。但是,什么地方可以寻找这些东西?天是青青的,天并不管这些事。人间充满了虚怯,谨慎,不自然的说谎。据说有爱情的人都应胆小如鼠,心弱如芦苇。这些人,缺少热,缺少光,以为女子的心是只在衣饰虚荣上可以克服,就单在自己服饰事业上相竞争,且用这些事物在女子面前来炫耀。他们还会常常自夸,以为因教育或天赋,知道女子独多。其实无耻与愚蠢到这种近代男子,已是再也没有了。

她坐着,沉默着,想起男子种种的蠢处,想到有人站在她身旁时还不明白。咳嗽了。她抬头,见到来人了。一个同事。一个蠢人中的蠢人。一个教物理学从不曾把公式忘记却全不了解女人的汉子。

"怎么?密司忒林,一人来吗?"

"一个人来,想不到——"这汉子喑哑了,爱慕的情绪扼住他的喉咙,俨然在一种苦楚中全身发抖。

她心说,"干吗不说特意来相候?"她知道他想说,"请你让我陪你走一阵。"但她因为这人的懦和笨,有点轻视这巧遇了,把脸向别处说,"园子里今天人真不少。"

那汉子鹦鹉似的说,"今天人真不少。"

她不作声了,看汉子走不走去。

汉子不走,很可怜的无意味的转身去折花盆里天冬草的细芽,一个警察橐橐的响着皮靴走来,汉子手才赶忙缩回。女人笑着,汉子更显得异常窘迫,不知如何是好。

她想像的男子的事业,在目前证据下,把她心全冷了。沉默了一会,见男子还不走,就说,

"密司忒林,我们走走不好?"

汉子很惨然的说:"好。"他先走。到后,他又后走。一切全不得体,都使她觉得无聊。这是谁的罪过呢?一些凡是女子所能给的方便,在她是已全给了他。一切鼓励,一切提示,……然而全无用处,这男子却是那样一个萎靡不振的东西。

女人因为男子是个毫无用处的男子,说话转到男性的勇敢方面来了。她半嘲弄半怜悯的问道:

"密司特林,你病了么?"

"……"

"天气到秋天,人是容易不爽快的。"

"……"

"这里过一阵人就少了。"

"……"

男子的默然无语,是显然取一种柔软的战略,取一种近于与女子眼泪同样的武器,要怜悯,要同情,要……她看得很分明,却一点不关心。

他们走了一会。男子虽到稍过一阵,拘束已渐渐失去,已近于一个男子的身分了,虽而那种不必说话时的聒絮,不自然的殷勤,无自我的服从,都使她看来难受。

她并不需要人在她面前投降。

她需要的是一个男子。望到目前的一个想起将来,她生气了。

她想试一试。把计画这样安排,说道:

"对不起,密司特林,我还有点事我要走了。"

"就回去吗?"

"不。"

"……?"

"在这里也无聊。"

汉子把眼望天想一想,无话可说,就又不作声了。

他应当向前。应当作一点比沉默还有用处的事。说是要走,那不行,非玩玩不可。再不然,走罢,我陪你去。再不然,无聊吗,到别处去,我有的是地方。能这样,成了。她期待那样一句强硬而无理的话,然而不曾出自男子的口中。连话也不敢撒野,别的还配说是男子吗?她觉得真只有走了,不再说什么,也不回头,也不向他道歉,走去了。男子心碎了。尊严失去了。楞着,望着这袅娜的后影。

他想着,头有点昏,失了理智的评衡,不能想。他追上去了。他奔着,跑着,绕过假山,越过栏干,女人正在前面松树下,他赶到女人身边去,像一个暴客,拦了路。他脸上变了颜色,全身发抖。她见到时也略微吃惊,知道他将有什么表示。

她故意镇定的望着他,意思像用眼睛说,"干吗,蠢东西?要做就做!"

男子也望着她。

男子颓然了。力量消失了。本来预备说话的口又被一些东西塞住,他只虚拟一个手式,像是要拥抱,像是说我多么爱你呀,然而回头飞跑了。

到这时,才真是个全然无可救药的过失!

她木然的立定在那地方,也似乎有点头昏。勉强微笑着,赶忙坐到一张长椅子。

她想:是谁错了?

天已将夜,树梢间风转大了些。

慢慢的才觉得有点冷。

她起身了。无目的各处走去,走到有荷花的地方,见一张长凳上,正坐着先前在温室所见到的那个军官,低头顾望残荷。她从后面绕过去,毫不犹豫,同那汉子坐在一条凳上了。

新时代女子,如何头脑冷静,能静中观察一切,是没有谁将这性情详细刻画到一种记录上面的。至于她,这时节却没有想到自己行为是在反抗还是在向堕落之路走去。

她与那军人,在极短时间居然成为熟人了,军官还是先前的沉默,虽然这种沉默,已显然转为对于女子的离奇行动上面的注意。……

"你告我是谁?"他这样问她,已是第三次。

夏　花

"我就是我。你看,我的鼻子,我的眼睛,我的身上一切,都是我,并不是谁。"

"住处?"这也是第三次。

"你知道毫无用处。"第三次回答也如此。

"家?"他想知道的家是从家可以捉住一根可以前生活的线索。

"没有。"她告他没有,又说,"这不是预备作传的事。"

"做些什么?"

"你自己去猜想看看,把我位置到什么人方面,就是什么好了。我不反对你的瞎想。我不必告你我做些什么事情。你说我是什么，全在你。你说我是……"

"你这人很可爱，所以应当让多知道一点，并不是坏事。"

"你爱我，爱我的身体，傍在你身边你觉得快乐，这就够了。你知道我也不讨厌你。你要知道别的有什么用处。"

"你有点怪。"

"可是你还疑心我是个土娼，好像只有娼妇才会如此将就一个男子。"

他不说了，略感卤莽的从身后抱着她的身子。

她有一种放肆的想望。她是分分明明坐在这个军人的身边的。她恣肆的享受一切，大胆无畏的偎依。她所要的全已得到了。一切在先想来是心跳的事，此时已仿佛很平常的事情了。她想望那顶荒唐的一点，她愿意他像一个男子。

她知道那男子是个男子，有热情，且有一种君子品德，一个在航空署作教官的人物，她极满意于她的冒险。她让那男子吻着两只手却微笑着，记起那无用处的同事惶恐如猫的脸色。

人要走了。

"走吗？走那儿去？我们吃饭去！我们是好朋友了！……"

"不。不用吃饭。我要回家了。——"

"明天？"

"我仍然到这里来。"

"你不要谎我。"

"你以为我是靠说谎来图什么的女人么？"

"我在这里等候你,用我的心,点上火,让它燃……"

她嗤的笑了,"一个军人,也来做诗。女人是并不以男子会说好听的话为荣耀的。我高兴来就来了,不高兴,也——"

"这是你的自由。可是你知道,我很想同你要好一点。你是个顶可爱的人。你真……"

"你这话才是聪明人说的话。"她这样说却忖度,"可是你还以为我是个土娼,明天不用来了。"

他送她出了公园,且尊重她的意见,不跟她走。她向东在灯光下走过天安门。她仍然走。她觉得她做了一个梦,如今还是在梦中,所以不怕,不悔,不……

上了车。新秋的风吹到脸上,她笑了。

"世界上男子全是蠢东西。"

自 杀

被同事称为幸福人的刘习舜教授,下午三点左右,在××大学心理学班上讲完了《爱与惊讶》一课,记起与家中太太早先约好的话,便坐了自用车回家。到家时,太太正在小客厅里布置一切,把一束蓝色花枝安插到一个白建瓷瓶里去。见教授回来了,从窗下过身,赶忙跑出客厅招手。

"来,来,看我的花!"

教授跟教授太太进了客厅里,看太太插花。"美极了!"教授那么说着,一面赞赏花枝一面赞赏插花那个人。太太穿的是浅炒米黄袍子,配上披在两肩起大漩波的漆黑头发,净白的鹅蛋脸,两只纤秀的白手在那束蓝花中进出。面前蓝花却蓝得如一堆希奇火焰,那么光辉同时又那么静。这境界,这花同人,真是太美丽太美丽了。记起另一时一个北方朋友称赞太太的几句痴话,教授不由得不笑了。他觉得很幸福,一种真正值得旁人羡慕的幸福。

想说一句话,就说,"这不是毋忘我草吗?"太太似乎没听到,不作理会。

太太把花安排妥当时,看了教授一眼,很快乐的问道,"这花买要多少钱?你猜猜。"

"一块钱……"

"一块钱,总是一块两块钱,我告诉你,不多不少一毛六分钱。你瞧,在那瓶子里多美!"

"真的,美极了。"

太太把花插妥后,捧了花瓶搁在客厅南角隅一张紫檀条几上去。看看觉得不妥当,又移到窗台上去。于是坐在小黑沙发上,那么躺着,欣赏在米色窗纱前的蓝花,且望着花笑。

教授把美丽的太太一只美丽的手拖着,吻了一下,"宝贝,你真会布置。这客厅里太需要那么一点蓝色了。"受到这种赞美的太太,显得更活泼了一点,不作声,微笑着。

教授说,"这不像毋忘我草!"

太太笑着说,"谁说是毋忘我草?你这个也分别不出!我本想买一小盆毋忘我草,还不是时候,花不上市。那角上需要一点颜色。红的不成,要蓝的。应当平面铺开,不应当簇拥坟起。平面铺开才能和窗口调和,同瓶子相衬;你看,是不是?"

"就那么好极了。我只觉得那瓶子稍微高了一点。"

"哽哼,若是个宽口小盆,当然就更合式!"

听差的进来倒茶,把桌上残余花枝收拾出去。

"王五,有客来吗?"

听差王五一面收拾桌子一面说,"农学院周先生来电话,说南京什么赵老爷来了,先生要看他,过周先生家里可见着。"

太太说,"不是赵公愚吗?"

教授说,"怎么不是他?春天北方考察三省行政,还说就便要在天津同赵太太离婚。世界变了,五十岁的人也闹离婚。那知道太太不答应,赵老先生就向他女儿说,'妈妈不离婚,我就自杀!'女儿气极了,向他说,'好,爸爸你要自杀回南京去自杀,这件事我们管不着。你不要太太了,我要母亲。我明年北大毕了业,养母亲。'这样一来,赵老先生倒不再说自杀了。"

"这是道学家的革命!"

"一种流行传染病。(几个妙人的故事重新温习)赵老先生人老心不老,在南京那种新官僚里混,自然要那么革一次命。还有虞先生,据说太太什么都不坏,只是不承认他的天才,不佩服他,所以非离婚不可。到后居然就离婚了。有人问到他离婚真实原因是不是这件事,他就否认。人向他说:'若用这种事作理由,未免太对不起那个夫人了。'他就作成很认真的神气说:'社会那么不了解我,不原谅我,我要自杀!'害得那熟人老担心,深怕因这番谈话刺激了他出个人命案件。到如今,看看他还在做七言香艳诗赠老朋友某,音韵典故,十分讲究,照情形看大约一时已不会自杀了,才放下心!这种传染病过去一时在青年人方面极其厉害,如今青年人已经有了免疫性,不成问题,却转到中年人身上来了。病上了身也就见寒作热,发疯发狂。目前似乎还无方法可以医疗这种怪病。"

太太笑着说,"怎么没有方法?"

王五看看教授大皮包,记起日里一个快信来了,就向教授请示"有四封平信一个快信搁在北屋书房桌子上,要不要拿来。"王五取信去。

太太接续着先前那个问题谈下去,"你说的那种病,照我想来也容易治疗。你想想你自己从前是好人还是病人?说不定小媛媛长到十八岁时,也会向你说,'爸爸,你想自杀吗。我这儿有手枪。'"

教授聊作解嘲似的分辩说,"害过那种病的人就有了免疫性。再过十八年我若真的还会第二次害病,我们小媛媛一定当真把手枪递给我。有这样一个女儿,倒不好办!"

王五取信来时,刘妈正把小媛媛抱进客厅。小媛媛是两夫妇唯一的女儿,一家的宝贝,年纪还刚满周岁。照习惯小媛媛从王五手中抢了那个信,又亲手交给她爸爸。

教授接了信,拉着媛媛小手拍抚,逗她说,"媛媛,今天在公园里看不看见大白鹤?在水上飞呀!飞呀!"

小媛媛学着爸爸说,"飞,飞,爸爸飞。"

"爸爸飞,飞到什么地方去?爸爸一飞可不成!"

"飞,飞,爸爸飞。"

教授一面看信,一面同小女孩信口说着话。"爸爸飞到公园去,飞到天上去,"不禁笑将起来。忙把信递给太太,太太一看,原来是上海东方杂志社的编辑史先生写来的。来信要他写篇论文,题目恰好就是两人正说起的"人为什么要自杀"。教授说,"可惜我不会写小说,不然就用赵先生虞先生的故事,作一篇小说一定很有意思。"

教授太太把信还给教授后,从妈子手中抱过了小媛媛,很亲爱的吻着小媛媛的手掌,指着瓶中的蓝花,"宝宝,看,花呀!花呀!"

小媛媛在母亲怀中也低低的呼唤着,"花!花!妈妈花!飞,飞,爸爸飞。"

"妈妈花爸爸飞,小媛媛呢?"

小媛媛好像思索爸爸这两句话的意义,把两只大而秀美的眼睛盯着教授,"爸爸,爸爸,飞!"

廊下电话铃响了一阵,刘妈去接电话,知道是粑粑胡同王家王先生要老爷说话。教授接完电话,回返客厅时,脸上有点无可奈何的神气。教授太太猜想得到是什么事,"你们又要到公园开会去,是不是?"

"谁说不是。小媛媛,爸爸一会儿真的就要飞到公园去了!"

太太眼睛望着那蓝花,轻轻的说,"不飞,不成?"

"我也想不飞。可是,学校事不理不问,那里行?要我陪你到东城去买衣服料子,明天去好不好?——宝贝,你那眉毛真美……"说时教授瞅着太太轻轻的叹了一口气。他太幸福了。看到太太一双长眉,想起一句诗:"长眉入鬓愁",什么愁?记不清楚了。

太太见教授有点儿谄媚神气,知道那是什么原因,便说,"你有事,你去作你的事。"

"我舍不得你。"

"有什么舍不得我?"

"我陪你去。刘妈,刘妈,……"他意思要打电话。

"得了。"

小媛媛说,"飞!飞!"

教授把怀中金表掏出一看,快到四点了。约会原定四点半,时间已不早,便站起身来预备过西屋浴室去洗手。

小媛媛又说,"爸爸,飞!飞!"

教授开玩笑似的向媛媛说,"是的,小媛媛,爸爸真要飞。"且

228

举起两只手作成翅膀展开的姿势,逗引小媛媛。

太太不作声,抱了媛媛随同教授出了客厅,到院子中去看向日葵。"葵藿有心终向日,杨花无力转随风"。数数它的数目,八朵,九朵,十三朵。一个不吉利的数目。于是把旁枝一朵小小的也加上了,凑成十四。

……

雨后初晴,公园游人特别多。园中树枝恰如洗过一般新鲜,入目爽朗。教授在僻静地方茶座下,找着了同事王先生。随即又到了胡子戴先生,左先生,高个子宋先生。几人坐下来正讨论到学校下半年本系人事上的种种变动,忽然有个小女孩子声音喊"王伯伯,王伯伯。"女孩子年纪大约十一二岁,生长得长眉秀目,一条鼻子尤其美丽。到了王先生身边,就说,"王伯伯,怎么不到我姑娘家里去玩,谁得罪了您?……这是谁?"(她向着那个大胡子问)王先生便说,"这是戴伯伯。"女孩叫了一声戴伯伯。掉头来望着一个高个子,开口问,"这是谁? 王伯伯。"王先生便说,"这是宋伯伯。"女孩照样又叫了一声宋伯伯。又指着另外一个胡子问是谁,说是"左伯伯",也叫了一声左伯伯。

末了这女孩子瞅定了教授,看了又看,"这是准? 王伯伯。"

王先生说,"刘伯伯。"

"刘伯伯?"女孩子估量了教授一下,"刘叔叔,"那么轻轻的叫着。引得在座众人一皆笑将起来。

王先生说"嗨,大莲,怎么刘伯伯叫刘叔叔? 你上次不是在《北洋画报》上见到一个美人,你说很欢喜她,样子像妈妈,剪下来贴在镜子上吗? 那就是刘伯母!"

女孩子偏个小头觑着教授,"王伯伯,真的吗?"

王先生说,"怎么不是真的? 你什么时候同我去刘伯伯家里,就可看看刘伯母。"

"是真的吗!"

"你去看看就知道了。"

"刘伯母家里有小宝宝吗?"

"有一个小宝宝,你还可以去看看他家小宝宝,同小宝宝玩!"

"好,赶明儿我就去。王伯伯,是真的吗?"

"你问刘伯伯!"

小女孩很害羞似的把小嘴唇咬着,露出一排细细的洁白牙齿,望了教授好一会,俨然从教授神气之间看出了一点秘密,忽然自解自语说道,"是真的! 是真的!"

"同王伯伯到我家里来玩!"

"好。"把头点点,一只燕子似的飞去了。

小女孩子走后,王先生望着那小小背影作了一个喟然叹息的动作。左教授问王先生,"那孩子是谁家的小孩子?"

王先生半天不说话。

几人都为这小孩子迷惑了,接着皆说这小孩子眉眼异常,与一般女孩子不同。经王先生说明,方知道原来这小孩子就是六年前在上海极有名的姚李案中的遗孽。母亲原是个出名的美人,一个牙医的女儿,嫁给阔公子李××。结婚后两人情好异常,毫无芥蒂。不料结婚七年后,这女人忽然平白无故自杀了。自杀的原因既极暧昧,社会上皆以为必是男的另外有了钟情的女子,

跟妈妈在一起的时候

但这种揣测却毫无根据。男的此后生活且证明了个人的行为毫无瑕疵。于是另外又有了一种揣测,就是说女的爱了一个极其平凡的男子,或说是个有中表亲的中学生,或说是一个画家,这件事受各方面的牵制,女的因此自杀了。三年后男的抑郁无聊,跑到黄山又自杀了。男的遗书中证明了女的自杀秘密还是另外一件事。至于另外一件事是什么?男的遗书中却说等到女孩子二十岁同人订婚时可从一个文件中明白。两人死后剩下的遗孤,被一个姑母带过北京来住,她的姑父原来就是生物学家杨××。

……

教授回到家中,同太太把晚饭吃过后,谈闲天谈到日里在公园中见及的那个小女孩,且谈到小女孩母亲自杀的故事,以为很不可解。太太便说,"人类事情不可解的地方多得很,至于这种自杀,倒平平常常。"为什么觉得平平常常?教授却想不通。当时问太太,这平常指的是什么意思。太太只笑笑,不说下去。

到了晚上,教授个人在小书房中写《人为什么要自杀》那篇文章。翻了好些参考书,书中所讨论到的一切学理,所举证的一切事例,虽无一不备,可是思想一同日里几件人事接触,便不知道真理应搁在那一方面比较适合了。

教授想:一定的,有的自杀不可分类,置入经济困难恋爱失败,以及任何一类都不相宜。为了一种错觉,一种幻想,一种属于生理心理两方面骤然而来带传染性的(一本书中提出的一句话一个观念)病症,也会自杀。为了奢侈(倘若这人凭理性认为挥霍生命是最大奢侈),也会自杀。但自杀的原因,若为了生存困难,为了经营商业或恋爱失败,社会却认为那是避责任与痛苦,因怯于坚忍生存而想到死,是件犯罪的行为。值得奖励的自杀,必事到临头还头脑清明,毫无异态。必承认生命是属于自己的,同时自己又是个很认识生命,爱惜生命的人,为了死可以达到某一个高尚的理想,完成某一种美丽的企图,为了处置生命到一个美丽形式里去,一死正类乎伟大戏剧或故事所不可少的情节,因此从从容容照计划作去。这种自杀有的为求人类自由,文化进步,历史改造,也有的是为一己;为使一己生命达到一个高点,社会皆认为难能可贵。然而童养媳偷偷的在土灶边吞烟,与苏格拉底人在狱中喝那一杯毒药,前者的死与后者的死,真正有什么不同处?倘若某种人的死,为的是留给此后活人一个美或深的印象,我们对于许多这种死的印象,有时却不如许多人类愚蠢行为来得更深切。为了怕生而去死的人很多,这种人近于懦。为了想生于别人印象里而死的人也很多,这种人却近于贪。"贪生怕死"是一句骂人的话,世界上还有"贪生不怕死"的人,作出的事是道德还是不道德? ……自杀也许还有人是在一种纯粹无所谓的情形下作的……无结论的思索。

教授只觉得自己心中有点儿乱,有点儿胡涂。看看钟已十二点过五分,面前一堆书,一片纸。灯光很温柔的抚着花梨木桌面,一些小虫在窗上或用脚轻轻的爬着,或用身体轻轻的撞着。一切那么静。一家人全入了睡乡,厨子,娘姨,小媛媛,皆已各自安静的躺在铺床上做梦了。教授把手中捏着那枝笔头按着心部,仿佛听一声枪响,"叭"完了。好像什么都完了。把身体向椅背一仰,笔放下了。自诉似的心中说着:"我不是个乐于自杀的人,我是个性情懦怯逃避责任的人。然而,如今我完了。幸福,远了。……什么是幸福?人人都说我有个好妻子,便是今天李家那悲剧渣滓小女孩子,也居然把她的相片从画报上剪下,时时那么注目忘情的对望着。有一个爱她的大学生,为得不到她也去自杀过一次。有人可以从她的美丽上感觉幸福,又有人从她美丽上感到不幸。为什么我同这个女子那么贴近,反而把她看得平平常常,从不惊讶?"

教授的小书房兼卧房,有一扇小小的黑门通过太太的卧房,这时节那扇小门,轻轻的被推开了。太太看看书房还有灯光,知道教授还未上床,把一只白手向里摇摇,且亲昵温柔说道:

"怎不睡觉?还作事吗?响了十二点,应当休息了。你听,响雷了!天亮以前会落雨的。你要茶吗?你写些什么?我来看看真成不成?"

教授不作声。在门边站着的太太于是又说:

"为什么老在桌边?那文章不作,不成吗?你要——"

"我什么都不要,宝贝。你睡去,我还有事情!"

"什么都不要,连我也不要了吗?"

"宝贝,我在作事!"

太太小孩子似的,在门边站了一会,却不要教授许可,破例走近教授的桌边来了。"你不要我我也来了。你一作事一读书就讨厌我,来看你就说是麻烦你。不公平!"

教授太太这时已换了一件白色软绸薄寝衣,头发散开编成两条辫子,脸臂皮肤,腻白莹洁如玉琢成的。长眉秀目,颊际微红薄媚,更觉得光艳照人。教授只是微笑。太太了解丈夫在构思一个问题,原谅了丈夫失疏忽体贴处,拍着教授的肩膀,偎在椅旁站了一忽后,得到丈夫一个吻后,就快乐的回到自己卧房去了。教授目望着那扇小门,叹了一口气,自言自语说:"唉,人!"

教授随手在身边小书架上取了一本俄国人作的长篇小说,翻看到的一节,正描写一个男子想像到他所爱恋的农村女人,如何用白首巾包裹头发,脱了衣裳,预备上床。自己如何睡在那有香草味的新棉被里,辗转不眠。作者一枝生动的笔,竟把读者带入书里所写的境界中去,俨然承认作者所提示的情境方算的是爱。

一会儿雨落了,雷声也大起来了,小孩房中灯光明亮,教授知道是太太到小媛媛房中看察窗子,看察小媛媛被盖。平时这种事常常是两人同作,这时节他却不起身,仍然坐在桌边不动,而且继续想着白天见到的那个大莲。一个雷声过后接着撒了一阵雨点,院中席棚被雨点打得很响。通过太太卧房那扇小门又轻轻的推开了。

教授说,"宝贝,您怎么还不睡?"

"天上响雷,我有点怕,睡不着。"

"又不是小孩子,还怕雷!"

"落大雨了,你怎么还不睡?你不怕响雷,雷雨也不怕吗?"

"我不怕!"

"真的吗?你不管我,我就要落雨了!"彭的把那扇小门关上了。

一句诗:"泪如春雨不曾晴。"这诗是两人日前同读过某近人集中的句子。教授憬然悟了一个问题,赶忙起身走过太太房中去。太太伏身在床上,业已泪光莹然了。教授用了许多方法把太太精神振起时,见太太脸上的容光,那么美丽,教授笑着说:"宝贝,你真美!"

太太说:"你刚才想到些什么问题,老舍不得离开书桌边?"

"我想到自杀问题。(他说时用平常说笑话的神气)你呢?"

太太说:"我吗? 我同你一样。"

"我不相信! 我们不一样。"

"我觉得你不爱我了!"

"这就证明不一样了! 我从不疑心到你不爱我。"

"你不疑心我,因为我爱你!"

教授觉得这样子说下去不成,要转变一个话题,"宝贝,我想起白天在公园见到那个小女孩。再过十年这女孩子到了二十岁,独自发现她那个母亲的秘密时,那情形真……"

太太固持的重说道:"你不爱我了。"

她心想:那小孩子二十岁你四十岁。

一个雷声,小媛媛被惊醒哭了,太太赶忙起身从另一个小门走过小孩小卧房去。

教授坐在床边不动,把左手中指按定自己心部,又仿佛听到什么地方"叭"的一声,于是伏身下去,吻着那个美丽太太的白枕头,许久许久。意思正像是答复太太那句话,"我爱你!"他重新记起刚才看到那本小说那一节描写,仿佛有一点忧郁,不知从什么地方继续侵进生活中,想用力挪开它,可办不到。

附录

《边城》新题记

沈从文

民十随部队入川,由茶峒过路,住宿二日,曾从有马粪城门口至城中二次,驻防一小庙中,至河街小船上玩数次。开拔日微雨,约四里始过渡,闻杜鹃极悲哀。是日翻上棉花坡,约高上二十五里,半路见路劫致死者数人。山顶堡寨已焚毁多日。民二十二至青岛崂山北九水路上,见村中有死者家人"报庙"行列,一小女孩奉灵幡引路。因与兆和约,将写一故事引入所见。九月至平结婚,即在达子营住处小院中,用小方桌在树荫下写第一章。在《国闻周报》发表。入冬返湘看望母亲,来回四十天,在家乡三天,回到北平续写。二十三年母亲死去,书出版时心中充满悲伤。二十年来生者多已成尘成土,死者在生人记忆中亦淡如烟雾,惟书中人与个人生命成一希奇结合,俨若可以不死,其实作品能不死,当为其中有几个人在个人生命中影响,和几种印象在个人生命中影响。

从文　卅七年北平

本文原由作者题写在上海生活书店初版样书上,据作者手稿编入。

(原载一九九八年七月香港商务印书馆初版《边城》)

题一九三六年校注初印本[①]

沈从文

这书用《边城》或《山城》、《小城》才能同军人有关系,同屯戍军相关照,正因为翠翠父亲是戍军,顺顺是军人,照料翠翠的是马兵。兵士同城池是不可分离的。[②]

渡头为公家所有 为公众所有性质,为义渡,不是官渡。[③]
这地方城中只驻扎一营由昔年绿营屯丁改编而成的戍兵屯垦兵兼耕田,戍兵只守地防匪。
*官青布*官青布应作标准青布意。省大铺子出的货也。青是黑,不是绿蓝。
*好酱油*酱油出湘潭、长沙,故湘西人多托下行人带酱油送礼,如别地方送酒一样。

[①] 此初印本原为作者藏书,于文革初期散出。一九八三年六月,香港《大公报》分两次发表署名余时(姜德明)的文章《写在〈边城〉的书边上》,文中摘录了沈从文一九三六年写在此校注本中的题识和旁注。据香港《大公报》发表的摘录文字编入。
[②] 题于扉页。
[③] 楷体文字引自《边城》一九三六年校改本正文,仿体字是作者对此引文写的旁注。下同。

坐镇不动的理发馆小乡城常常只有剃头担子,无固定理发店。

掌水码头的统治水上的在官家为水上公安局长一类人物。在半官半私为水保。在帮口上作头目就叫船总,必具有排难解纷能力,重义轻利性情。这种人通称"掌码头的"。作船总的不一定掌水码头,因为船总还得作事,掌码头有的一事不作是个资格,不是真正的事务。不过这里的船总却掌水码头。

买了一条六桨白木船说船大小有的用舱计算,所以有三舱子五舱子名目。有的用桨,六桨自是六个水手的船。

在粮子里混过日子军营。

龙船水刚刚涨过五月初二三涨的水叫龙船水。

卖皮纸的与白色棉纸稍稍不同,似出洪江,用作包东西的。

副爷军官称老爷,大兵称副爷。客气的称呼。

唱三年六个月的歌这句话本是一个典故。湘西人山歌有那么首歌:你歌莫有我歌多,我歌共有三只牛毛多;唱了三年六个月,刚刚唱完一只牛耳朵。

这里却只是指唱得久而言。三年六月等于平常言"千军万马",是虚数,不是实数。

请保山来提亲媒人。

牵了一匹骡马预备出城湘西人把骡子看得比马宝重。

十来把大招子即大桡子,与桨不同。用大木作成。如大刀,船上的多直出船头,用作转弯。木筏上四面都有。

为祖父煎了一罐大发药出汗的一种草药。叶如麻叶。灌木类。

扣花褡裢两头有口袋,有用青布作成的。搭在肩上,那东西常用白线扣花,作吉祥意。

念经起水丧事人家必到井边河边通告,名为起水。

一九三六年三月七号看过这书后半部,无聊。这应当写得还好一些。

一九三六年三月十五早上看过一遍,心中很凄凉。

三月十六改正六处。

三月二十一看此书一遍。觉得很难受,真像自己在那里守灵。人事就是这样子,自己造囚笼,关着自己;自己也做上帝,自己来崇拜。生存真是一种可怜的事情。

一个人记得事情太多真不幸。知道事情太多也不幸。体会到太多事情也不幸。

一九三六年三月二十一日校注此书完事
从文①

---

① 以上五则均题于文后。

图书在版编目(CIP)数据

边城·新与旧/沈从文著.
-北京:北京燕山出版社,2015.12
ISBN 978-7-5402-3033-3

Ⅰ.①边… Ⅱ.①沈… Ⅲ.①中篇小说-中国-现代
②短篇小说-小说集-中国-现代 Ⅳ.①I246.7

中国版本图书馆 CIP 数据核字(2016)第 011570 号

边城 新与旧

沈从文 著
黄永玉 图
丛书主编／陈子善
策　　划／赵东明
责任编辑／尚燕彬　金　东
装帧设计／小　贾　张　佳
北京燕山出版社出版发行
北京市西城区陶然亭路 53 号　邮编 100054
全国新华书店经销
北京中科印刷有限公司印刷

开本 787×1092　1/32　印张 8　插页 4　字数 160,000
2017 年 1 月第 1 版　2017 年 1 月第 1 次印刷

定价：38.00 元

版权所有　盗版必究